Polina Daschkowa
Nummer 5 hat keine Chance

EUROPA
VERLAG

Aus dem Russischen
von
MARGRET FIESELER

POLINA DASCHKOWA

Nummer 5 hat keine Chance

Ein Moskau-Krimi

Europa Verlag
Hamburg · Wien

Die in dieser Erzählung geschilderten Ereignisse haben sich in ganz ähnlicher Form tatsächlich abgespielt. Die Namen aller Personen wurden verändert. Die Autorin dankt den Mitarbeitern der Moskauer Abteilung zur Bekämpfung der Organisierten Kriminalität für die zur Verfügung gestellten Materialien.

Umschlaggestaltung: Frauke Weise, Hamburg
Illustrationen: Moni Port, Frankfurt/Main
Druck und Bindung: Westermann Druck Zwickau
ISBN 3-203-85213-6

Informationen über unser Programm erhalten Sie beim Europa Verlag, Neuer Wall 10, 20354 Hamburg, oder unter www.europaverlag.de

Gesessen hatte Wadik Sultanow nur kurze Zeit, gerade mal zwei Jahre. Nichts Schlimmes oder Ehrenrühriges – Betrug. Eigentlich hatte er Glück gehabt. Im Spätherbst 1990 schritt Wadik leichten Herzens und federnden Schritts zum Tor des Arbeitslagers hinaus. Das Leben fing gerade erst an, und die Zukunft erschien ihm als schöner, angenehmer Traum. Die zweijährige Haft hatte keinerlei Spuren auf seinem kräftigen jungen Körper hinterlassen. Tätowierungen hatte Wadik sich klugerweise nicht machen lassen. Erstens, weil es wehtat, zweitens war es nicht mehr in Mode, und drittens, wer wusste, mit wem er noch alles gemeinsam in der Sauna schwitzen oder am Strand in der Sonne liegen und welche Mädchen er noch näher kennen lernen würde?

Sobald er das Abteil des Schnellzugs Nowosibirsk-Moskau betreten hatte, musterte er kritisch erst sich selbst im Spiegel an der Tür, anschließend seine Mitreisenden. Mit seinem Anblick war er zufrieden. Ein offenes Gesicht, klare Augen, ein fröhlicher Blick. Was seine Reisegefährten betraf, so erfreute ihr Äußeres ihn weitaus weniger. Zwei ältere Tantchen, dick und langweilig. Sie verspeisten mit lippenstift- und fettverschmierten Mündern ein gebratenes Huhn, und diese Münder schwatzten ohne Pause von irgendwelchem Weiberkram. Außer ihnen war auf der oberen Pritsche noch ein breiter Männerrücken in einem eng anliegenden Matrosenhemd zu sehen.

Wadik hatte gemeint, er brauche sich nur in diesen Zug nach Moskau zu setzen, von dem er das ganze letzte Jahr vor seiner Entlassung geträumt hatte, und sogleich werde ihm das kapriziöse Schicksal als wohlverdientes Geschenk eine langbeinige Blondine von höchstens zwanzig Jahren und ohne Anhang als Reisegenossin präsentieren. Er hatte sich lebhaft vorgestellt, wie er mit dem Mädchen Bekanntschaft schließen würde, wie sie sich zulächeln und durch die schmalen Gänge ins Zugrestaurant gehen würden, wo weiß gedeckte Tische standen und der Sekt in langstieligen Gläsern schäumte.

Zwei Jahre hatte er davon geträumt, Sekt zu

trinken. Je näher der Tag seiner Entlassung rückte, desto deutlicher schmeckte er die leicht herbe Süße, fühlte das kitzelnde Prickeln der Bläschen. Den ganzen letzten Monat hatte ihm des Nachts der Gaumen gekribbelt, und er hatte das zarte Klirren von Kristall zu hören gemeint. Aber er wollte den Sekt nicht allein trinken und auch nicht aus der Flasche oder aus einem banalen Trinkglas. Das hätte er leicht schon auf dem Bahnhof in Nowosibirsk haben können. Nein, Wadik träumte davon, im Zugrestaurant zu sitzen, vorm Fenster die Landschaft vorbeifliegen zu sehen und die Räder rattern zu hören, und vis-à-vis sollte eine schöne Frau sitzen und der Tisch mit einem weißen Tischtuch gedeckt sein. Die Flasche müsste unbedingt in einem silbernen Sektkühler gebracht werden, der Kellner eine schwarze Fliege um den Hals tragen, und die gestärkten, kegelförmig zusammengerollten Servietten müssten nach Bügeleisen und Frische duften. Dieser erste süße Schluck würde den Anfang eines neuen Lebens markieren.

Solange Wadik sich zurückerinnern konnte, hatte er ständig ans Essen und Trinken gedacht. Es gibt Menschen, die die Natur mit einem außergewöhnlichen musikalischen Gedächtnis ausgestattet hat. Sie können jede beliebige Melodie, auch wenn sie sie nur einmal gehört haben, ohne eine einzige falsche Note nachsingen. Andere vom Schicksal Begünstigte verfügen über einen ungewöhnlichen Blick für Farben. In der Sprache der australischen Ureinwohner existieren ungefähr zwanzig Bezeichnungen für die verschiedenen Schattierungen von Grün. Die kanadischen Eskimos, die russischen Tschuktschen, die finnischen Samen können mehr als zwanzig Nuancen von Weiß unterscheiden und in ihren Sprachen benennen. Für die Maler des Impressionismus bestand die durchsichtige Luft aus einer unendlichen Skala von Farben.

Der Exhäftling Wadik Sultanow verfügte ebenfalls über eine einzigartige Begabung. Für ihn stellten Speisen eine geschlossene Welt für sich dar, und in dieser Welt nahm er mit unglaublicher Genauigkeit nicht nur alle Geschmacksnuancen und alle Gerüche wahr, sondern auch alle Farben und Töne. Das Zischen des Öls in der Pfanne, das Glucksen der Suppe im Kochtopf, das Prickeln der Bläschen im Mineralwasser oder im Sekt, alle Laute, von denen der Prozess der Essenszubereitung und -aufnahme begleitet wird, fügten sich für Wadik zu einer überirdischen Musik zusammen.

Aus den Küchen im Waisenhaus und im Internat hatte es nach angebrannter Grütze und fader Erbsensuppe gerochen. Der Küchendunst im Gulag hatte sich auf eigenartige Weise mit jenem besonderen Gefängnismief verquickt, den eine empfindliche Nase kaum ertragen kann. Und dennoch vermochte Wadik durch die Ausdünstungen von Chlorkalk, Karbol, grober Seife und kranken, ungewaschenen Körpern hindurch den schlichten, guten Duft von Brot, den süßlich-warmen Geruch von Hirsebrei oder den bröselig-feuchten von Reis zu wittern und das Aroma gekochten Kohls zu erschnuppern – für den Durchschnittsmenschen nicht der angenehmste Geruch, für Wadik aber durchaus lebendig und gehaltvoll.

In den staatlichen Großküchen fügte man dem Essen keine Gewürze bei. Nur Salz. Dieser ursprüngliche Geruch von Getreide, Gemüse, Fleisch und Fisch hatte seinen besonderen, ungewöhnlichen Reiz. Bevor Wadik ins Gefängnis gekommen war, hatte er gelegentlich Restaurants besucht, darunter auch teure. Natürlich verstand man dort zu kochen. Aber jedes Mal, wenn er die verschiedenen Gerichte beschnupperte, betrachtete und probierte, dachte Wadik, dass er diesen Stör nach Klosterart oder dieses Huhn à la Kiew viel besser zubereiten könnte. *In die Sauce zum Stör beispielsweise muss man noch ein ganz klein bisschen mehr Mehl tun, und das Mehl muss zuerst in einer* trockenen Pfanne erhitzt werden, bis es goldgelb wird, dann lässt man es erkalten und eine Weile im Kühlschrank stehen. Mit der Mayonnaise darf man nicht zu leichtfertig umgehen. Mayonnaise ist ein starkes Zeug, sie kann jedes Gericht verderben, besonders wenn sie nicht aus frischen Eiern, sondern mit Eipulver zubereitet wird und wenn zu viel Essig daran ist. Was das Huhn à la Kiew betrifft, so liegt hier das ganze Geheimnis in der Panade. Sie muss dünn, fast durchsichtig sein, derart, dass im rohen Zustand das rosige Hühnerbrustfilet hindurchschimmert wie die Abendsonne durch eine Federwolke, und selbstverständlich ist es besser, nicht banale Semmelbrösel zu nehmen, sondern grob gemahlenes Weizenmehl.

Diese und viele andere Einzelheiten waren für Wadik nicht trockene Theorie, sondern er spürte sie mit der ganzen Kraft seines jugendlichen Organismus. Woher er dieses Gespür hatte, war ihm unerklärlich. Seine Vorfahren kannte er nicht, da er eine Waise war, aber er vermutete, dass es in der nebelhaften Reihe seiner Ahnen einen Meisterkoch gegeben haben musste, einen genialen Alchimisten der Kochkunst.

Seine beiden Abteilgenossinnen waren immer noch damit beschäftigt, ihr Huhn zu vertilgen – ein Schauspiel, das Wadik echte Pein bereitete. Die fettige, grobe Haut war stellenweise schwarz verbrannt. Selbst so zarte Teile wie Brust und Flügel sahen grau und hart aus. Wadik zog sich das Herz zusammen. Er schätzte Hühnerfleisch, aber dieses war ein Zerrbild der edlen Speise. Seine Stimmung verschlechterte sich merklich.

Der Mann auf der oberen Pritsche schlief offenbar gar nicht, sein gestreifter Rücken wälzte sich hin und her, die Pritsche knarrte. Noch kein einziges Mal hatte er seinen Reisegefährten das Gesicht zugewandt. Wahrscheinlich verspürte auch er keine Lust zuzugucken, wie diese Weiber das Huhn aßen.

Wadik bemerkte am Garderobenhaken eine gesprenkelte Tarnjacke und hohe Armeeschuhe in Größe fünfundvierzig unter dem kleinen Tisch darunter. Die Jacke war alt, der Kragen aus dunkelgrünem Webpelz war völlig verfilzt und sah aus wie gekochter Spinat.

»Jungs, könntet ihr wohl mal rausgehen? Wir müssen uns umziehen«, sagte eine der beiden Frauen und wischte sich den Mund mit einer Serviette ab. Die andere wickelte die Überreste des Hühnchens sorgfältig in eine fettige Zeitung ein und merkte gar nicht, dass ihre Hände dabei von der Druckerschwärze schmutzig wurden.

Es war später Abend. Aber Wadik war überhaupt nicht nach Schlafen zumute. Er überlegte, ob er nicht doch ins Restaurant gehen sollte, aber dann stellte er sich vor, wie er dort mutterseelenallein am Tisch sitzen würde, und wurde traurig.

»He, Kumpel, kommst du mit, einen trinken?« Wadik berührte vorsichtig den massigen Rücken im Matrosenhemd. Zur Antwort knarrte die Pritsche. Ein zerknautschtes, verschlafenes Gesicht drehte sich zu Wadik herum, verquollene Augen öffneten sich halb und saugten sich augenblicklich hart und abschätzig an ihm fest. »Ich lade dich ein«, fügte Wadik sogleich hinzu, um alle Zweifel zu zerstreuen.

Ohne ein Wort zu erwidern oder seinen unangenehmen Blick von Wadik zu nehmen, glitt der Mann leicht und geräuschlos von der Pritsche. Er war ein solcher Hüne, dass es für einen Augenblick im Abteil dunkel wurde.

Schweigend gingen sie ins Zugrestaurant. Erst als sie sich an einen Tisch gesetzt hatten, streckte sich Wadik eine riesige Hand mit dicken Fingern entgegen.

»Walera«, stellte sein Reisegefährte sich finster vor und fügte sofort mit einem angedeuteten spöttischen Lächeln hinzu: »Du kommst aus dem Knast, stimmt's?«

Wadiks Laune sank. Er hatte gemeint, das Gefängnis habe keinerlei Spuren bei ihm hinterlassen, und nun war gleich dem ersten flüchtigen Bekannten alles von Anfang an klar. An welchen geheimen Merkmalen mochte er wohl erkannt worden sein?

»Du siehst einem nicht in die Augen«, erläuterte sein neuer Bekannter. »Und in die Hocke gehst du wie ein Sträfling.«

Der Kellner brachte eine Karaffe mit Wodka und Salat Olivier. Sie stießen miteinander an und tranken das erste Glas.

So sieht also die Realität aus, dachte Wadik *enttäuscht. Statt einer Blondine dieser grobe Klotz, statt Sekt Wodka. Zugegeben, das Tischtuch ist weiß, der Kellner trägt eine Fliege, und die Servietten sind gestärkt und gerollt. Aber ein Festtag wird trotzdem nicht daraus. Der Salat schmeckt sauer, viel zu viele Kartoffeln, die gekochten Eier sind alt, das Eiweiß ist grau und wie aus Gummi, das Eigelb bröckelt. Sogar etwas so Erfreulichem wie grünen Erbsen fehlt in diesem Salat jegliche Inspiration. Dick, alt und schwammig sind sie.*

»Du warst wohl selber schon mal dort?«, erkundigte Wadik sich vorsichtig und schob den unappetitlichen Salat beiseite.

»Ich war an einem anderen Ort. Schlimmer als jeder Knast. So was, Kumpel, kannst du dir nicht mal im Traum vorstellen.«

»Afghanistan?«, fragte Wadik flüsternd, und seine Nasenflügel bebten leicht.

Walera nickte, zog pfeifend die Luft ein, wischte mit der Brotrinde die Salatreste von seinem Teller auf und sagte heiser: »Wenn wenigstens irgendwer mal danke gesagt hätte.

Aber ich höre nur immer: Wir haben dich nicht dorthin geschickt. Keine Arbeit, keine Wohnung, alles für den Arsch.«

Der Geruch, der aus der Küche kam, wurde immer stärker. Dort wurde ein Schaschlik gebraten. Wadik vergaß für einen Augenblick seinen düsteren Bekannten, hielt den Atem an, kniff die Augen zusammen und zog dann vorsichtig, als fürchtete er, sich zu verbrühen, den intensiven, erregenden Duft des Schaschliks ein.

Die Komposition von Rauch, Fleisch und Gewürzen kann Hunderte von Nuancen haben. Damit die Verbindung dieser komplizierten, einander manchmal widersprechenden Düfte ein passendes, harmonisches Muster ergibt, muss man nicht nur erstklassige frische Zutaten haben, sondern auch einen talentierten, kreativen Koch.

Der Kellner erschien mit einem Tablett, auf dem zwei ovale Platten aus Metall dampften. Auf jeder lagen zwei Schaschlikspieße, umwickelt mit dünnen, durchsichtigen Zwiebelringen.

Walera sprach weiter, als hätte sich nichts verändert. Wadik betrachtete nachdenklich die Fleischstücke und konnte sich nicht entschließen, davon zu probieren, aus Furcht, enttäuscht zu werden. Schließlich spießte er mit der Gabel das kleinste, knusprigste Stückchen auf. Mit geschlossenen Augen kaute er. Hauchzartes frisches Schweinefleisch, eingelegt in einer süßsauren, mit schwarzem Pfeffer gewürzten Marinade, durchtränkt vom würzigen Rauch der Holzkohle, so gebraten, dass es außen eine rosagoldene Kruste hatte und innen zart und saftig war.

»Es wird schon werden, Walera«, verhieß Wadik fröhlich. »Alles wird sich finden, für dich und für mich. Lass uns darauf trinken.«

Die Räder ratterten. Vor dem Fenster flog die schwarze Novembernacht vorbei. Zwei junge Männer, der arbeitslose Afghanistankämpfer Waleri Ossipow und der aus der Haft entlassene Wadim Sultanow, fuhren nach Moskau, um die Stadt zu erobern. Sie waren nicht die Ersten und würden nicht die Letzten sein. Beide glaubten, sie würden viel Geld haben, eine große Wohnung, teure ausländische Wagen, schöne Mädchen. Was sonst soll sich ein lebenshungriger junger Provinzler nachts in einem Zug bei einem Glas Wodka wünschen?

Wadik wünschte sich mehr als alles andere auf der Welt, ein eigenes Restaurant zu eröffnen. Er sah deutlich alle Einzelheiten der Inneneinrichtung vor sich, hörte die Geräusche der Küche, das gedämpfte Stimmengewirr in den beiden Sälen, dem Speiseraum und dem Café, das leise Klirren des teuren Geschirrs. Er nahm die Gerüche so deutlich wahr, dass es ihn fast um den Verstand brachte. Auch sich selbst sah er, in einem blütenweißen Hemd mit hochgerollten Ärmeln inmitten der Pracht seiner Restaurantküche.

Das Restaurant würde einfach nur »Wadim« heißen. In den Werbeprospekten sollte stehen, dass den Gästen nicht nur Gerichte der russischen und europäischen Küche, sondern auch solche aus verschiedenen orientalischen Ländern serviert würden. Aus jeder kulinarischen

Tradition gedachte Wadik das Allerbeste zu nehmen. Schon als kleiner Junge hatte er in der Internatsbibliothek ein Buch mit dem Titel »Die schmackhafte und gesunde Ernährung« entdeckt, es heimlich mitgenommen, unter seiner Matratze aufbewahrt und wieder und wieder gelesen, bis er es auswendig kannte. Später in seinem Leben hatte er andere Kochbücher besessen, sich über die Geschichte der Kochkunst und über die Besonderheiten der verschiedenen Nationalküchen informiert. Da er nicht die Möglichkeit hatte, beispielsweise französische Froschschenkel oder chinesische Kammmuscheln zu probieren, versuchte er, sich ihren Geschmack und Duft wenigstens im Geist vorzustellen. Das gelang ihm gar nicht schlecht. Und vor allem, er wusste, wie man diese Gerichte zubereitet.

Wadik fuhr nach Moskau, ohne eine Ahnung zu haben, wo er wohnen sollte, von was er leben und wie er eine Arbeit finden konnte. Die Fahrkarte für den Zug nach Moskau hatte er deshalb gekauft, weil er sich sein Restaurant nur mitten im Zentrum der Hauptstadt vorstellen konnte.

Wadik hatte Glück. Zufällig kannte sein neuer Bekannter Walera in Moskau einen Unterschlupf. Ein entfernter Verwandter eines Freundes aus der Armee vermietete in Bibirewo am Stadtrand sehr billig ein Zimmer. Direkt vom Bahnhof aus gingen sie zu ihm.

Der Verwandte stellte sich als ein dem Suff verfallener allein stehender Mann von ungefähr sechzig Jahren heraus. Er hieß Onkel Kostja. Seine Zweizimmerwohnung war ein heruntergekommenes, stinkendes Loch, auf dem Fußboden lagen leere Flaschen herum, anstelle von Mobiliar gab es nur Lumpen und zerrissene Matratzen, die der Hausherr von der nahe gelegenen Müllhalde angeschleppt hatte.

Onkel Kostja war hocherfreut über die neuen Mieter, verhandelte mit ihnen über den Preis, tat höchst solide, runzelte die ohnehin zerknitterte Stirn und blies die zerknautschten, unrasierten Wangen auf. Wadik konnte sich nur mit Mühe das Lachen verkneifen. Ihm war sofort klar, dass man hier praktisch umsonst, für eine Flasche Schnaps, so lange wohnen konnte, wie man wollte.

In der ersten Nacht wälzte sich Wadik auf der stinkenden Matratze und konnte nicht einschlafen. Nicht der Gestank und auch nicht Onkel Kostjas markerschütterndes Schnarchen störten ihn, sondern seine eigenen komplizierten und widersprüchlichen Gedanken. *Da lebt nun in dieser im Grunde gar nicht üblen Zweizimmerwohnung ein solcher*

Dreckhaufen auf zwei Beinen, verwandelt vorzüglichen Moskauer Wohnraum in eine Müllhalde, säuft, verpestet und verräuchert die Luft. Wer, fragte er sich, *brauchte überhaupt diesen Onkel Kostja?*

Am nächsten Morgen Punkt neun klopfte es an der Wohnungstür. Die Klingel funktionierte nicht. Wadik wachte von dem Geklopfe auf und hörte, wie Walera barfuß in die Diele schlurfte.

»Wer ist da?«

»Der Hilfsdienst für Alte und Invalide«, antwortete eine muntere jugendliche Stimme.

Walera wechselte einen erstaunten Blick mit dem ebenfalls rasch zur Tür geeilten Wadik und öffnete scheppernd das Schloss.

Vor der Tür stand ein junger Mann in ihrem Alter, nicht besonders groß, schlank, in gut sitzenden teuren Jeans und nagelneuer Lederjacke. Er lächelte sie freundlich und offenherzig an. Walera und Wadik erwiderten sein Lächeln nicht, sondern starrten den ungebetenen Gast finster schweigend an.

»Was ist, schläft der Hausherr noch?«, fragte der junge Mann fröhlich. »Ich bringe hier seine Stütze angeschleppt, in Form von Lebensmitteln.«

Aus dem Zimmer drang das gleichmäßige, schwere Schnarchen Onkel Kostjas.

»Ich heiße Michail. Für meine Freunde – Michlja.« Er stellte seine Plastiktüte auf den Boden und streckte die Hand aus, um zuerst Walera und dann Wadik zu begrüßen. Beide erwiderten den Händedruck.

Michail Lastotschkin verstand es, die gespannte Atmosphäre schnell aufzulockern. Gebürtiger Moskauer, Sohn einer Familie der Intelligenzija, hatte er das Theaterinstitut absolviert. Die Schauspielausbildung kam ihm sehr zustatten. Aber keineswegs für eine Karriere beim Theater oder Film.

Eine halbe Stunde später saßen alle drei beim Frühstück. Michlja hatte die bescheidenen Lebensmittel, die für den allein stehenden Rentner Onkel Kostja bestimmt waren, auf dem als Küchentisch dienenden Schemel aufgehäuft. Der Hausherr schnarchte immer noch, ohne zu ahnen, wer sich in seiner Küche versammelt hatte.

Bald erfuhren Wadik und Walera von ihrem neuen Bekannten, dass der »Hilfsdienst für Alte und Invalide« eine ganz besondere Organisation war.

»Ich bin der Gründer, der Direktor und der einzige Mitarbeiter«, erklärte Michlja, »ich bin der Hauptbuchhalter und der Vertreter des Hauptbuchhalters. Und bis heute habe ich nur einen Klienten, Onkel Kostja.«

»Und was zum Kuckuck soll das Ganze?«, erkundigte sich Walera finster.

»Seelenrettung durch gute Taten«, erwiderte Michlja und gab seinem charmanten Gesicht einen seriösen und gedankenvollen Ausdruck. »Wisst ihr, was in Moskau jetzt am allerknappsten ist? Gute Taten. Die Nachfrage übersteigt millionenfach das Angebot.«

Walera begriff nichts. Wadik jedoch konnte seinen entzückten Blick nicht von dem klugen Michlja losreißen. In der stinkenden Küche, in der ein Schemel mit einer Zeitung darauf als Tisch herhalten musste und wo die dicken grauen Scheiben Kochwurst direkt auf dem Zeitungspapier lagen, weil es keine Teller gab, ertönte plötzlich deutlich eine magische Symphonie aus den Klängen und Düften des besten Moskauer Restaurants. In Paris das »Maxim«, in Moskau das »Wadim«. Man brauchte nur noch eine Kleinigkeit: Startkapital.

Einen Monat später geschah das Unglück: Onkel Kostja wurde tot auf dem verlassenen Gelände hinter der Baustelle unweit von seinem Haus gefunden. Mit einer Alkoholvergiftung, hervorgerufen durch schlechten, billigen Wodka. Sein tragisches Ende wunderte weder die Nachbarn noch die Miliz. Onkel Kostja war seit langem chronischer Alkoholiker, einsam und krank. Spuren von Gewaltanwendung fand man an seiner Leiche nicht.

In seine Wohnung zog ein grundsolides Individuum kaukasischer Nationalität. Die Generalvollmacht für die Wohnung, die Onkel Kostja zwei Monate vor seinem Tod unterschrieben hatte, wurde nicht aufbewahrt. So erfuhr niemand, dass in diesem wichtigen Dokument der Bürger Michail Wladimirowitsch Lastotschkin, geboren 1962, als Bevollmächtigter für den Verkauf von Onkel Kostjas Wohnung angeführt war. Der besagte Michlja mit dem Diplom des Theaterinstituts und dem guten, mitfühlenden Herzen.

Anfang der neunziger Jahre tauchten auf dem Kursker Bahnhof die ersten primitiven PCs mit speziellen Spielprogrammen auf. Die Bildschirme wurden von Kakerlaken, Hunden, Pferden, Meerschweinchen und anderen possierlichen Viechern bevölkert, die auf Rennbahnen um die Wette liefen. Das war interessanter als die banalen Lotterien und die Hütchenspieler.

Die Kunden wurden von charmanten, freundlich lächelnden jungen Damen angeworben. An den Computern saßen sympathische junge Männer, die wie Studenten oder Universitätsassistenten aussahen.

Endgültig legalisiert wurde diese Form des Glücksspiels im Jahre 1992. Damals wurde die Firma »Sadko« gegründet, die mehrere Filialen in Lushniki und auf dem Flughafen Domodedowo betrieb. Das Wort »Computer«, der Anblick der putzigen Tierchen, die über den Monitor liefen – das faszinierte die Reisenden, die in Moskau nicht zuletzt nach neuen Eindrücken suchten.

Zu Beginn der neunziger Jahre gab es in Moskau erst wenige nette Cafés und Restaurants. Es existierten nur zwei extreme Varianten: auf der einen Seite schmutzige, zweifelhafte Kneipen, nach deren Besuch Sodbrennen noch die geringste Unannehmlichkeit darstellte, auf der anderen Luxusetablissements mit Fantasiepreisen. Sodbrennen brauchte man dort nicht zu befürchten, dafür hatte man gute Chancen, beim Betreten des Restaurants oder drinnen eine Kugel in den Kopf zu bekommen.

In Lushniki, gegenüber einer der Spielhallen, eröffnete eine gemütliche kleine Schaschlikstube, die sich »Bei Wadim« nannte. Sie war in einem kleinen Holzhaus untergebracht, in dem sich vorher ein verdreckter Blini-Imbiss befunden hatte. Der Gestank nach angebranntem Fett machte dem wunderbaren Duft nach frischem gebratenem oder gegrilltem Fleisch Platz. Anstelle dicker, zäher Blini wurden den Besuchern verschiedene Arten von Schaschlik angeboten: vom Schwein, Hammel, Rind, Huhn oder Stör. Außerdem gab es auf Holzkohle gegrillte dicke, saftige Würstchen nach Art des Hauses, heißes Ljulja-Kebab und silbrig schimmernde, frisch gefangene Forellen. Als Beilagen wurden Krautsalat, grüner Salat, Tomaten- und Gurkenscheiben gereicht. Natürlich konnte man auch Wein bekommen, Rotwein zum Fleisch, Weißwein zum Fisch, Säfte und hausgemachte Beerensäfte für alle, die keinen Alkohol tranken. Es gab auch orientalischen Kaffee, Espresso, Cappuccino, schwarzen und grünen Tee. Und schließlich wurde noch eine Auswahl hausgemachter, exquisiter leichter Desserts angeboten.

Der Duft dieses Lokals ließ selbst die sattesten Besucher von Lushniki für einen Augenblick innehalten und schnuppern. Viele kamen aus purer Schaulust näher, überzeugt, dass nur ein sehr teures Lokal solche Wohlgerüche verströmen könnte. Aber es erwartete sie eine Überraschung. Außen an der Tür war die Speisekarte ausgehängt. Die Preise waren ausgesprochen moderat und selbst für den bescheidensten Besucher erschwinglich.

Nach dem Genuss des leckeren Essens, eingelullt von der zuvorkommenden Bedienung, erhielt der Gast bei einer Tasse vorzüglichen Kaffees ein Kärtchen aus Pappe, auf dem eine Nummer gedruckt stand, zusammen mit einem Gläschen Vanillelikör »nach Art des Hauses«. Der Kellner gratulierte ihm mit warmem Lächeln zu dem unverhofften Glück.

»Sie nehmen kostenlos an einer Verlosung mit garantiertem Gewinn teil. Gehen Sie mit dieser Karte in den Glaspavillon dort drüben, gleich gegenüber. Es erwartet Sie ein Geschenk. Ein Videorecorder oder eine Stereoanlage. Sie haben schon gewonnen, Sie müssen nur noch hingehen und Ihren Preis in Empfang nehmen.«

1997 gab es bereits zwölf offiziell registrierte Spielhallen. In Lushniki standen dreiundvierzig Filialen, gläserne Pavillons mit Computern und Regalen voll Pappkartons an den Wänden, auf denen sich die Preise befanden – japanische Videotechnik. Für jeden Pavillon waren acht bis zehn Leute tätig – Anwerber, Wachmänner, Angestellte, die unmittelbar am Computer arbeiteten, und nicht zuletzt unechte Spieler, die vor den Augen der echten Kunden Videorecorder, Fernseher, Stereoanlagen gewannen, die Zögernden anspornten, die Enttäuschten aufmunterten und ihnen Geld vorstreckten, damit das Spiel nicht ins Stocken geriet.

Auch die Schaschlikstuben vermehrten sich. Allerdings wurden dort inzwischen keine kostenlosen Karten mehr für die Teilnahme an der Verlosung ohne Verlierer ausgegeben. Das war zu riskant. Manchmal kam ein Kunde zurück, um dem Kellner, der ihm das Glückskärtchen überreicht hatte, seine Meinung zu sagen. Das beunruhigte die anderen Gäste und verdarb ihnen den Appetit. Um solche Zwischenfälle zu vermeiden, stellten sich die Anwerber draußen vor dem Lokal auf und fingen dort die satten, leicht angesäuselten Gäste ab.

Die Kundschaft war bunt gemischt, nicht nur naive, mittellose Provinzler, sondern auch erfahrene und wohlhabende Leute. In einem Fall belief sich der Spielverlust auf hundertfünfzigtausend Dollar. Verspielt hatte sie ein unauffälliger Bürger. Bis zum heutigen Tag ist es ein Rätsel, wieso er mit einer solchen Summe Bargeld in der Tasche über das Gelände von Lushniki spazierte und was ihn veranlasst hatte, in den Glaspavillon zu gehen und sich die Wettrennen der Computerkakerlaken anzusehen. Hatte ihn die Aussicht auf einen kostenlosen Videorecorder verlockt? Oder war es das leckere Schaschlik vom Stör gewesen, das ihn empfänglich gemacht und angeregt hatte?

Wenn ein Spieler wie gebannt am Bildschirm klebte und sich, um das verlorene Geld zurückzugewinnen, etwas bei einem unbekannten Mitspieler borgte – der natürlich kein echter Kunde war –, dann endete das nicht selten mit dem Verkauf seiner Wohnung. Spielschulden sind Ehrenschulden.

Einmal kam eine Volkstanzgruppe aus Jakutien in einen der Glaspavillons. Die Jugendlichen, die zum ersten Mal in Moskau waren und dann ausgerechnet in Lushniki, waren von den Wettkämpfen der Computertierchen so hingerissen, dass sie im Nu nicht nur ihr ganzes Taschengeld verspielten, sondern auch fremdes Geld, das sie sich geliehen hatten. Ein mobiler Ordnungstrupp musste gerufen werden, damit die minderjährigen Tänzer aus Jakutien sich nicht aus dem Staub machten. Nicht dass die Ordner handgreiflich geworden wären, Gott behüte. Sie hielten die Jugendlichen einfach so lange fest, bis die Pädagogen, die das Ensemble begleiteten, alle Schulden bis zur letzten Kopeke bezahlt hatten.

Alles in allem kam es jedoch selten zum Äußersten. Wenn doch einmal sehr nervöse, unberechenbare Kunden dabei waren, die allzu aktiv auf ihre Rechte pochten und sich kategorisch weigerten zu bezahlen oder versuchten, das verlorene Geld zurückzubekommen, hatte man einfache, wirkungsvolle Mittel, sie zu bearbeiten. Solche störrischen Kunden bat oder schleppte man zu Verhandlungen an einen einsamen Ort und verpasste ihnen eine Abreibung.

Ob es bei solchen Auseinandersetzungen Tote gab, und wenn ja, wie viele, ist bis heute unbekannt. Die Moskwa birgt eine Fülle ungelöster Rätsel. Wenn eine Wasserleiche angeschwemmt wird, lässt sich gewöhnlich nicht mehr feststellen, ob es sich um ein Unfallopfer handelt, ob der Betreffende selbst mit dem Leben Schluss gemacht hat oder ob ihm jemand dabei behilflich war.

Natürlich gingen bei der Moskauer Miliz eine Menge Anzeigen ein. Die Betrogenen schrieben Beschwerden an die Staatsanwaltschaft, an das Innenministerium, sogar an den Präsidenten. Hunderte von verzweifelten, tränenreichen Beschwerden. Aber keine einzige Anzeige führte zu einer Anklageerhebung. Es gab keine juristische Handhabe. Alle zwölf Firmen, die die Computer-»Deppodrome« – wie sie im Volksmund genannt wurden – betrieben, waren ordnungsgemäß registriert und besaßen eine Lizenz für ihre einträgliche Geschäftstätigkeit. Und bis zum Jahre 1997 existierte kein Artikel im Strafgesetzbuch, mit dem man ihnen hätte beikommen können.

Spiel ist Spiel. Der eine hat Glück, der andere nicht. Ein Computer ist eine kluge, unparteiische Maschine – etwas ganz anderes als die geschickten Hände eines betrügerischen Hütchen- oder Kartenspielers. Selbst das Roulette im Spielcasino kann man mit Hilfe einer Fernbedienung manipulieren.

An der Spitze des Spielhallenkartells standen drei Männer: der Exhäftling Wadik, der Ex-Afghanistankämpfer Walera und der ehemalige Theatereleve Michlja. Die drei hatten gar nicht erwartet, dass ihr Geschäft sich so rasant entwickeln würde. Begonnen hatten sie fast bei null. Inzwischen besaßen sie alles, was sie sich erträumt hatten, und sogar noch mehr.

In Waleras Tiefgarage unter seinem Haus in einer elitären Datschensiedlung an der Minsker Chaussee standen sieben teure, todschicke Autos. Schon der Anblick machte ihn glücklich. Und wenn er mit viel zu hohem Tempo über die nächtliche Chaussee preschte, neben sich ein wunderschönes Mädchen, wenn die Musik spielte und das Mädchen dahinschmolz und zu allem bereit war, dann fühlte

Walera grenzenloses Glück. Für solche Momente lohnte es sich zu leben.

Michlja verschaffte bereits der Prozess des Gelderwerbs Befriedigung, des Erwerbs von viel, sehr viel Geld. Ihm machte es Freude, sich als Sieger im intellektuellen Duell mit dem Strafgesetzbuch zu fühlen, im Duell mit der Miliz, der Steuerfahndung und den Anführern der großen Moskauer Verbrechersyndikate, denen die erfolgreichen Unternehmer natürlich auch schon aufgefallen waren. Michlja fand auch aus aussichtslos scheinenden Situationen immer einen Ausweg und konnte sich sogar mit solchen Leuten einigen, mit denen man eigentlich gar nicht auf einen Nenner kommen konnte.

Wenn alle drei sich trafen, dann hielt Michlja nach dem Genuss von französischem Cognak immer ein und denselben Monolog, mehr oder weniger zusammenhängend, je nachdem, wie viel er getrunken hatte.

»Wisst ihr noch«, fragte er, »wie ihr mich überzeugen wolltet, dass ich im Unrecht wäre?«

Nach dieser Einleitung blickte er seinen Gesprächspartnern tief in die Augen und machte eine lange, bedeutungsvolle Pause, wie im Theater.

Wadik und Walera pflegten keine Antwort

zu geben, und Michlja fuhr fort: »Ihr hattet beide nicht begriffen, was für ein Wunder dieses kleine Computerprogramm war und warum es so viel kostete. Ihr wolltet mich sogar schon loswerden, ihr meintet, ich sei vollkommen übergeschnappt. Es tat euch Leid um das Geld. Ihr sagt nichts? Recht so! Was bleibt euch auch anderes übrig?«

An dieser Stelle zog Michlja ausdrucksvoll die Nase hoch und wischte sich eine Träne weg, manchmal eine imaginäre, manchmal auch eine durchaus reale nasse und salzige. Alles hing, wie gesagt, vom Quantum des konsumierten Alkohols ab.

Wenn Michlja sich allzu sehr ereiferte, erinnerte Wadik ihn an seine Schaschlikstuben. Er war davon überzeugt, dass der Hauptgrund für ihren geschäftlichen Erfolg der betörende Duft des Grills war, der die Menschen zuhauf anzog wie ein Magnet die Eisenspäne. Und das war im Grunde auch die Wahrheit. Die Pavillons, die neben den Schaschlikstuben lagen, brachten erheblich mehr ein als die anderen, die nur mit Hilfe von Anwerbern arbeiteten. Für Wadik persönlich waren die Schaschlikstuben allerdings nichts weiter als eine primitive Vorstufe seines künftigen Restaurants.

Seine gesamte Freizeit verbrachte Wadik in einer kleinen alten Villa im Zentrum Moskaus in der Staropetschatny-Gasse. Dort klopften Hämmer, kreischten Bohrer, roch es nach Farbe und frischem Holz, und vor lauter Kalkstaub bekam man kaum Luft. Die Renovierungsarbeiten dauerten schon über ein Jahr. Der Traum vom eigenen Restaurant nahm viel langsamer und schwieriger Gestalt an, als er gedacht hatte. Dieser duftende, wundersame Traum verschlang Wadiks ganzen Anteil am Gesamtgewinn.

Wadik hatte sich diese zweistöckige Villa in der Staropetschatny-Gasse ausgeguckt, als Onkel Kostja, der unglückselige Säufer, noch am Leben war. Ein so schönes und zugleich so heruntergekommenes Haus, dass es einem das Herz zusammenzog. Schmutzige Kommunalwohnungen befanden sich darin, die Fenster waren trübe, das Treppenhaus stank und bröckelte. Aber das betrachtete Wadik nur als vorübergehende, unbedeutende Probleme. Er ging lange durchs ganze Haus, überlegte, wie man alles einrichten könnte, mit Sommerterrasse und kleinem Garten. Im Lauf der folgenden stürmischen fünf Jahre besuchte er die kleine Villa mindestens ein Mal im Monat, sehnte sich nach ihr wie nach einem Elternhaus, das er als Waisenkind niemals gehabt hatte. Der Gedanke daran, was die Pacht und die Renovierung kosten würden, wie viel Geld nötig sein würde, um die Beamten in den verschiedenen Behörden zu bestechen, quälte ihn nicht eine Sekunde. Er glaubte fest an die Erfüllung seines Traums.

Das Geschäft entwickelte sich und gedieh. Es kam der Moment, in dem Wadik ruhig den Pachtvertrag für die Villa unterschrieb und verschiedene Innenarchitekten zu konsultieren begann. Kritisch begutachtete er ihre Vorschläge, bis er schließlich den besten auswählte. Nun betrachtete er jeden Abend im Bett vor dem Einschlafen das Album mit den Bildern, auf denen in allen Einzelheiten die Inneneinrichtung seines Restaurants dargestellt war. Sogar die Teller auf den Tischen und die Gerätschaften in der Küche hatte der Architekt nicht vergessen, hatte kleine Köche mit Kochmützen, Kellner mit Fliegen und Gäste in Abendroben gezeichnet.

All das belebte sich unter Wadiks entzücktem Blick, bewegte sich, atmete, tönte, anfangs wie in einem Zeichentrickfilm, dann wie in einem richtigen Spielfilm, und schließlich wurde es zu einer warmen, dreidimensionalen, duftenden Wirklichkeit. Wadik schlief vollkommen glücklich ein.

Gemeinsam mit dem Innenarchitekten klapperte er die Geschäfte ab, suchte die teuersten

Türklinken und die eleganteste italienische Sanitärtechnik für die Toiletten aus. Die Arbeitskleidung für die Pförtner, Köche, Kellner und Putzfrauen bestellte er beim besten Schneider Moskaus. Darüber, wie viel das alles kostete, zerbrach er sich nicht den Kopf. Er wusste, er hatte genug Geld, mit jedem Tag wurde es mehr.

»Für unser Leben reicht der Vorrat an Dummköpfen«, pflegte Michlja zu sagen.

»Weiß Gott, er reicht!«, pflichteten ihm Wadik und Walera bei.

Sie stießen miteinander an, tranken auf die Gesundheit aller vergangenen und zukünftigen Kunden und vergaßen in diesem Augenblick ihre kleinlichen Streitereien, Unannehmlichkeiten und Probleme.

Dummköpfe gab es tatsächlich genug. Wie Motten flatterten sie aus allen Ecken des riesigen russischen Reichs zum geheimnisvollen Licht der Computerbildschirme.

Der Ort, in dem Natalja Sergejewna lebte, lag in der finstersten Provinz am Ende der Welt: auf Kamtschatka. Eine Konservenfabrik, eine Achtklassenschule, ein paar Baracken, zwei Lebensmittelgeschäfte, ein ehemaliges Kulturhaus namens »Roter Fischer«. Dort fanden samstags unter besoffenem Gegröle Disco-Abende statt, die meist mit Messerstechereien und blutigen Schlägereien endeten. Die Jugendlichen, zwölf- bis vierzehnjährige Jungen und Mädchen, prügelten sich nicht aus Bosheit, sondern einfach aus Langeweile. Jedenfalls war ihre Lehrerin Natalja Sergejewna fest überzeugt: Könnte man Köpfe und Hände dieser Kinder mit etwas wirklich Wichtigem und Interessantem beschäftigen, so würden sie aufhören, zu trinken und sich herumzuprügeln.

Natalja Sergejewna unterrichtete Geographie und Geschichte in der Oberstufe. Ihre Stunden wurden nicht einmal von den verstocktesten Hinterbänklern geschwänzt. Sie erzählte voller Begeisterung von Städten und Ländern, in denen sie nie gewesen war. Das glückliche Lächeln wich dabei nicht von ihrem Gesicht.

Eines Tages tauchte im Ort ein Fremder auf, ein nachdenklicher junger Mann namens Fjodor. Von Beruf offenbar Journalist. Er war gekommen, um über das Leben der Fischer zu schreiben, und mietete bei der allein stehenden Lehrerin Natalja eine Zimmerecke. Er sagte, er habe an der Universität in Wladiwostok studiert und arbeite für eine Zeitung. Nicht einmal seinen Familiennamen erfuhr sie von ihm. Er wohnte nur eine Woche bei ihr. Dann verschwand er spurlos. Ob er seinen Artikel geschrieben hat, ist nicht bekannt. Aber es ist auch nicht wichtig. Neun Monate später brachte die Lehrerin ein Mädchen zur Welt.

Als der Arzt im Bezirkskrankenhaus ihr ausführlich auseinander setzte, was Kinderlähmung ist, wollte Natalja ihm nicht glauben. Das Mädchen sah völlig gesund aus, es blickte munter und aufgeweckt in die Welt. Nataljas Nachbarin Klawdija, ihre beste Freundin, die ihr fast wie eine Schwester war, bedrängte sie in der ersten Zeit jeden Tag, das behinderte

Kind im Krankenhaus zu lassen. Was sollte Natalja mit einem solchen Klotz am Bein? Schließlich hatte sie keinerlei Hilfe, keine Eltern, keinen Ehemann. Das erbärmliche Lehrergehalt wurde oft monatelang nicht gezahlt. Und von der Invalidenrente, die der barmherzige Staat dem Kind ja wohl zahlen musste, konnte man nicht leben.

»Wir kommen schon durch«, erwiderte Natalja. »Irgendwie.«

Und sie kamen durch – armselig, mühevoll, aber sie schafften es.

Die Schule lag nur einen Steinwurf von ihrem Haus entfernt. Natalja ließ ihre Katja niemals lange allein, lief in der großen Pause nach Hause, stillte das Kind, wechselte ihm die Windeln. Als das Mädchen heranwuchs, hatte sie es etwas leichter.

Als Katja sieben wurde, ging sie wie alle Kinder in die Schule. Das heißt, sie ging natürlich nicht, sondern sie fuhr, in einem alten Kinderwagen, der eigentlich für Kinder bis drei Jahren gedacht war. Aber sie war klein, mager und passte bequem hinein. Natalja flocht ihr einen komplizierten, wunderschönen »Ährenzopf« und zog ihr ein hübsches leuchtend blaues Kleid an.

Mit sieben Jahren konnte Katja schon lesen, schreiben, addieren und subtrahieren. Man gab ihr die Einser keineswegs aus Mitleid. Aus der ersten Klasse wurde sie direkt in die dritte versetzt.

»Von wem sie das wohl hat?«, staunten alle ringsum. »Und was nützt der Armen das hier, in diesem öden Winkel? Ja, wenn sie Beine hätte, dann könnte sie nach Wladiwostok fahren oder gleich ganz nach Moskau.«

Jetzt war Katja zehn Jahre alt, und im Lauf der Zeit hatte Natalja sich an ihr Unglück gewöhnt. Und trotzdem, jedes Mal, wenn sie den schmalen, leichten Körper vom Sessel ins Bett hob oder ihre Tochter in dem alten Blechtrog badete oder sie auf den Arm nahm, spürte sie einen schmerzlichen Krampf in der Magengrube. Katjas Beine waren weich wie Stofflappen. Ihre Haut war so fein und weiß, dass die bläulichen Blutgefäße durchschimmerten. Nicht die Krankheit, sondern diese durchsichtige Zerbrechlichkeit rief bei Natalja ein heftiges, fast unerträgliches Mitleid hervor. An die Krankheit dachte Natalja nicht. Sie hatte sich ein für alle Mal verboten, über Kinderlähmung nachzudenken, und hielt sich strikt, fast abergläubisch an dieses Verbot.

Wenn Katja über ihre Schulbücher gebeugt saß, an dem kleinen Fenster mit den blauen Kattungardinen, und das ungewisse Licht der Meeressonne das Zimmer erhellte, musste Natalja unwillkürlich an die weich verschwimmenden alten Porträts italienischer Meister denken.

»Was für eine Schönheit sie sein könnte«, seufzte die Nachbarin Klawdija, während ihr Blick auf Katjas durchsichtigem, großäugigem Gesichtchen verweilte.

»Sie ist auch so eine Schönheit«, antwortete Natalja mit glücklichem Lächeln, »und außerdem noch klug.«

Mit zehn Jahren löste Katja die Mathematik- und Physikaufgaben für die neunte Klasse, knackte sie wie Nüsse. Aber wer interessierte sich schon für ein behindertes kleines Mädchen aus einem ärmlichen Fischerdorf auf Kamtschatka, das in einer schiefen zweistöckigen Bruchbude aus schwarzen Brettern tagelang an seinem Tisch am Fenster saß und schwierige Physik- und Mathematikaufgaben aus den Lehrbüchern der neunten Klasse löste?

Katja wuchs heran. Langsamer als die anderen gesunden Kinder, aber sie wuchs. Mit zehn Jahren wurde ihr der Kinderwagen zu eng.

»Du brauchst einen Rollstuhl«, bemerkte Klawdija eines Tages.

»Ja, natürlich«, sagte Katja lächelnd und blickte zu ihr empor. »Aber der ist sehr teuer. Und hier bei uns kann man auch keinen kaufen.«

»Ihr müsst nach Moskau fahren«, erklärte Klawdijas Mann Wassili kategorisch, »da bekommt ihr einen ordentlichen Rollstuhl. Einen, der viele Jahre lang hält. Das ganze Leben. Es gibt spezielle, elektrisch betriebene. So einen braucht Katja.«

Natalja schwieg. Was sollte sie auch über unerfüllbare Wünsche reden? Um nach Moskau zu fahren und Katja einen richtigen Rollstuhl zu kaufen, brauchte man viel Geld, mehr, als es sich irgendwer hier im Ort auch nur erträumen konnte.

Doch im Leben geschehen manchmal Dinge, die sich niemand träumen lässt. Natalja Sergejewna wurde nach Moskau zur alljährlich stattfindenden Ehrung der besten Lehrer Russlands eingeladen.

Mehrere Nächte in Folge konnte sie nicht schlafen. Der Minister würde ihr einen Preis überreichen, vielleicht sogar Jelzin selbst, im Säulensaal des Kreml. Das Fernsehen würde dabei sein. Aber was am wichtigsten war, sie würde fünfhundert Dollar bekommen. Pjotr Anatoljewitsch, der Direktor ihrer Schule, machte ausfindig, wo und wie man günstig einen elektrischen Rollstuhl kaufen konnte, für genau diese fünfhundert Dollar, stellte ihr die nötigen Papiere aus und leitete alles in die Wege. Nun würde Katja bald einen ausgezeichneten, bequemen Rollstuhl haben.

Schon einen Monat vorher begann Natalja zu packen. Die Fahrt nach Moskau war für sie wie eine Reise durch den Kosmos, wie ein Flug auf einen anderen Planeten. Weiter als bis zur nächsten Kreisstadt war sie in ihrem vierzigjährigen Leben noch nicht gekommen.

»Pass bloß auf dein Portemonnaie auf, steck es möglichst gut weg«, sagte ihr die Nachbarin Klawdija, »und halt dich von den teuren Läden fern. Kauf alles auf dem Markt.«

»Genau«, brummte Wassili, ihr sparsamer, maßvoll trinkender Ehemann, »der Privatsektor ist der teuerste. Da haut man Natalja nur übers Ohr und plündert sie bis aufs Hemd aus. Und die Moskauer Miliz ist durchweg gekauft, die arbeitet den kriminellen Händlern noch zu. Am besten, sie fährt sofort ins GUM, ins staatliche Kaufhaus.«

»Du bist ja mal wieder ein Oberschlauer«, sagte Klawdija und presste verächtlich die Lippen zusammen. »Ins GUM! Was du nicht sagst! Da sind die Preise so hoch, dass sie gleich in Ohnmacht fällt.«

Wassili hielt sich tatsächlich für besonders schlau, zumindest in allen Dingen, die mit dem fernen, unbekannten Leben der großen außerplanetarischen Städte Moskau und

St. Petersburg zusammenhingen. Als er vor zwanzig Jahren aus dem Militärdienst entlassen worden war, hatte er auf der Heimfahrt zwei Tage und zwei Nächte im damaligen Leningrad verbracht und erzählte bis heute bei einem Gläschen Schnaps mit Begeisterung davon, wie er sich verlaufen hatte und auf den lärmenden, von bunten Lichtern strahlenden Newski-Prospekt geraten war. Wie er in einem Restaurant am Finnischen Bahnhof ein Schnitzel nach Minister-Art gegessen und einen klebrigen trübrosa Likör mit irgendeinem ausgefallenen Namen getrunken hatte und dabei die Bekanntschaft mit zwei Finnen, echten Ausländern, gemacht und sich lange mit ihnen über Gott und die Welt unterhalten hatte, in welcher Sprache auch immer.

»Ich habe gar nicht vor, viel durch die Geschäfte zu laufen«, sagte Natalja. »In erster Linie will ich einen Rollstuhl für Katja kaufen, alles Übrige wird sich finden.«

Moskau betäubte sie nicht nur durch seine Menschenmassen und seine Hektik, sondern auch durch seine Gleichgültigkeit. Manchmal fing sie zufällige Blicke auf, kalte, schlüpfrige, und dann fühlte sie sich in ihrem alten hellrosa Mantel mit den abgescheuerten Ärmeln und in den grünen ausgetretenen Schuhen mit den glänzenden Schnallen ganz hässlich. Zu Hause auf Kamtschatka sah das völlig normal, sogar hübsch aus. Natalja liebte kräftige, fröhliche Farben. Aber hier in Moskau kam ihr diese Buntheit plötzlich unpassend und papageienhaft vor.

Der Festakt im Säulensaal wogte heran und flog vorüber wie ein Traum. Natalja fühlte sich in der lärmenden Menge verloren und fehl am Platz, sie genierte sich für ihr lächerliches provinzielles Kleid – gelb mit diagonalen roten

Streifen von der Schulter bis zum Saum. Als sie im Saal saß, klatschte sie mit allen gemeinsam in die Hände. Auf die Bühne, zur Überreichung des Preises, wurde sie gar nicht gebeten. Das Geld erhielt sie am folgenden Morgen in irgendeinem Büro des Ministeriums und machte sich von dort sogleich zu der Adresse auf, die ihr der Schuldirektor auf einen Zettel geschrieben hatte.

Das Geschäft, das Rollstühle für Invaliden verkaufte, befand sich in der Nähe des Marktgeländes von Lushniki. Natalja legte dem gewandten jungen Mann die Dokumente vor, die ihre Berechtigung auf einen Rabatt bescheinigten, wollte schon das sorgsam gehütete Geld hervorholen, doch der junge Mann redete ihr zu, nichts zu überstürzen und es sich gut zu überlegen. Er erklärte, wenn sie noch ein wenig drauflege, hundert Dollar nur, könne sie einen Rollstuhl kaufen, der doppelt so gut sei, noch perfekter, und dabei dreimal so billig wie sonst, denn im Moment finde gerade ein Sonderverkauf statt.

Außer den fünfhundert Dollar für den Rollstuhl hatte Natalja noch das Geld dabei, das ihr Klawdija und Wassili für einen Videorecorder mitgegeben hatten. Eine bestimmte Summe hatte sie außerdem kleineren Einkäufen für sich selbst und Katja sowie für Kollegen und

Nachbarn vorbehalten. So war im Grunde alles bis auf die letzte Kopeke eingeteilt. Doch der junge Mann ließ nicht locker, zeigte ihr die Rollstuhlmodelle, erklärte genau die Unterschiede.

Die Versuchung war groß. Der Verkäufer schwatzte ununterbrochen, ließ ihr keine Zeit zum Nachdenken. Es fiel ihr schwer, eine so wichtige Entscheidung hier und jetzt zu treffen. Sie wusste, der Rollstuhl für Katja musste viele Jahre halten, und noch einmal würde eine solche Gelegenheit sich nicht mehr bieten. Wenn sie nun den billigeren nahm und der plötzlich kaputtging? Dann müsste sie sich ihr Leben lang ärgern. Aber andererseits – an fremdem Geld vergriff man sich nicht.

»Das muss ich mir noch überlegen«, sagte sie, »in einer Stunde komme ich wieder.«

»Selbstverständlich«, sagte der Verkäufer lächelnd, »gehen Sie ein wenig spazieren und denken Sie darüber nach. Wir haben heute bis sieben Uhr abends geöffnet, wir erwarten Sie.«

Ohne dass sie hätte sagen können, wie sie dorthin gelangt war, stand sie plötzlich vor dem Eingang des riesigen Marktgeländes. Ihr fiel ein, dass man hier vieles billiger bekommen konnte. Wenn sie nun auf die geplanten kleineren Besorgungen für sich und für Katja verzichtete und an dem Videorecorder ein wenig sparte …

Vielleicht würde das Geld dann für den anderen, besseren Rollstuhl reichen? Er war ja wirklich erheblich komfortabler und solider.

Aus einiger Entfernung wehte ein köstlicher Duft zu ihr herüber. Erst da erinnerte sie sich, dass sie zum Frühstück nur ein Glas Kefir getrunken und ein Brötchen gegessen hatte. Und das war lange her, frühmorgens, und jetzt war schon Mittag. *Ein kleiner Imbiss wäre nicht schlecht, aber dort ist es sicher sehr teuer,* dachte Natalja zerstreut und ging dabei schon unwillkürlich dem Duft des Schaschliks nach.

Ein Sandwich vielleicht oder ein Hot Dog, mehr brauche ich nicht. Ich esse eine Kleinigkeit, ruhe mich etwas aus und treffe dann eine Entscheidung.

Natalja Sergejewna hatte zum Essen eine gelassene Beziehung. Sie war gewohnt, die leckersten Sachen Katja zu geben. Das eigene Kind essen zu sehen macht mehr Freude, als selbst zu naschen. Sie war eine recht gute Köchin, wenn es die entsprechenden Lebensmittel gab. An Feiertagen buk sie ausgezeichnete Fischpiroggen und machte Sülze. Gott sei Dank herrschte am Meer an Fisch niemals Mangel. Fleisch hatte sie allerdings schon seit mehreren Jahren nicht mehr gegessen. Ihr fiel wieder ein, wie Katja zum Abschied zu ihr gesagt hatte: »In Moskau musst du unbedingt

Schaschlik probieren. Dort soll es jetzt private Restaurants geben, wo richtiges Schaschlik gemacht wird. Da gehst du hin und erzählst mir dann davon.«

Der Duft lockte, hüllte sie ein, ihr wurde schwindlig. Sie blieb vor dem hübschen Holzhaus stehen, das wie das Lebkuchenhäuschen aus dem Märchen von Hänsel und Gretel aussah. Außen an der Tür hing die Speisekarte. Natalja traute kaum ihren Augen. Die Preise waren genauso märchenhaft wie das Häuschen selbst. Warme Gerichte kosteten kaum mehr als ein Butterbrot. Sie konnte sich einen Schaschlikspieß ohne weiteres leisten. Schüchtern drückte Natalja die Tür auf und blieb wie angewurzelt auf der Schwelle stehen. Weiße Tischtücher, leise Musik und offenbar kein einziger freier Platz.

»Treten Sie ein, gnädige Frau, bitte sehr«, hörte sie neben sich eine weiche Männerstimme.

So wurde sie zum ersten Mal in ihrem Leben angeredet. Für einen Moment fühlte sie sich nicht mehr als verschüchterte, altmodisch angezogene Provinzlerin, als bettelarme allein stehende Mutter aus einer verfaulten Baracke, sondern wirklich als »gnädige Frau«, als Lehrerin des Jahres, als eine interessante Frau im besten Alter und glückliche Mutter eines ungewöhnlich begabten Kindes.

Man führte sie an einen kleinen Tisch, der in einer gemütlichen Ecke am Fenster stand. Ein höflicher junger Kellner, der eher wie ein angehender Wissenschaftler aussah, beschrieb ihr genau jedes einzelne Gericht, blickte ihr dabei freundlich in die Augen und empfahl ihr schließlich, vertraulich flüsternd, Schaschlik vom Schwein.

Das ist ja wie im Märchen, dachte Natalja, *wenn ich das Klawdija und Wassili erzähle, werden sie's nicht glauben. Katja, ja, die schon, aber die anderen nicht.*

Das Essen mundete ihr so gut wie noch nie im Leben. Genießerisch schmeckte sie jedem Stückchen des zarten, saftigen Fleisches nach und seufzte dabei sogar leise vor Vergnügen.

»Wie bereiten Sie es zu?«, fragte sie den Kellner, als er den Kaffee brachte.

»Mit Liebe«, erwiderte der freundliche junge Mann lächelnd.

Als sie den Umschlag mit der Rechnung öffnete, war sie einen Moment lang nervös, entspannte sich aber gleich wieder. Es war wirklich gar nicht teuer.

Sie verließ die Schaschlikstube in Hochstimmung, beschloss, noch ein wenig über das Gelände von Lushniki zu schlendern und die Preise für Videorecorder zu vergleichen. Wenn sie daran etwas einsparen konnte, dann wollte sie auf die anderen Kleinigkeiten verzichten und alles für den besten Rollstuhl ausgeben. Wenn nicht – dann bedeutete es, dass sie den gewöhnlichen, billigeren kaufen müsste. Aber traurig brauchte sie darüber nicht zu sein. Auch er war gar nicht übel.

»Verzeihung, einen Augenblick nur …« Das nette junge Mädchen tauchte vor Natalja auf wie aus dem Boden gewachsen. Es hatte strahlend blaue Augen und ein offenes, kindliches Lächeln. »Unsere Firma führt gerade eine Werbeaktion durch, heute gibt es bei uns eine Verlosung, bei der jeder gewinnt. Sie haben einen Preis gewonnen. Herzlichen Glückwunsch!«

»Ich? Einen Preis?«, wunderte sich Natalja. »Aber ich …«

»Sie nehmen kostenlos an unserem Gewinnspiel teil, ohne vorher etwas einzahlen zu müssen. Es ist ein Spiel ohne Verlierer, gewinnen kann man Videorecorder, Fernseher und Stereoanlagen.«

»Nein, eine Stereoanlage brauche ich nicht«, sagte Natalja lächelnd, »aber einen Videorecorder, das wäre nicht schlecht …«

»Kein Problem. Bei unserem Spiel gewinnt jeder, und der Videorecorder ist der kleinste Preis, das heißt, ihn bekommen Sie in jedem Fall, dafür brauchen Sie nur am Spiel teilzunehmen. Auf Wunsch der Kunden können wir die Preise tauschen, wenn Ihr Preis wertvoller sein sollte, erstatten wir die Differenz. Hier ist Ihre Karte.« Sie reichte Natalja ein rechteckiges Stück Karton, auf das die Ziffer »fünf« gedruckt war.

»Warten Sie, was ist das denn für ein Spiel?«

»Kommen Sie mit, Sie werden es gleich selber sehen. Es ist ganz einfach. Ein Kakerlakenrennen auf dem Computer. Hier entlang, bitte.« Das Mädchen fasste Natalja geschickt unterm Arm.

»Halt, ich verstehe doch gar nichts von Computern!«

»Das brauchen Sie auch nicht. Alles ist ganz einfach. Die Kakerlaken rennen auf dem Bildschirm um die Wette, wenn Ihre Nummer als Erste ankommt, gewinnen Sie einen Preis.«

»Aber wenn meine Nummer als Zweite ankommt oder ganz zuletzt?«

»Sie erhalten trotzdem einen Preis. Es gibt keine Verlierer bei unserem Spiel.«

»Das heißt, ich gewinne auf jeden Fall einen Videorecorder?«, fragte Natalja.

»Sie haben ihn schon gewonnen«, sagte das Mädchen fröhlich lächelnd und zog sie hinter sich her.

Sie betraten einen der Glaspavillons. Vor dem Monitor eines Computers drängten sich fünf Menschen. Auf dem Bildschirm sah man fünf niedliche kleine Kakerlaken in den Startlöchern vor ihren Rennbahnen stehen.

»Ihre Tasche können Sie hier aufhängen, keine Sorge, hier kommt nichts weg, wir haben zuverlässige Wachmänner. Kommen Sie bitte hierher. Ihre Nummer ist die Fünf. Sehen Sie, da steht sie. Die Fünf hat immer das meiste Glück«, sagte das Mädchen und verschwand.

Bevor Natalja Sergejewna wieder zur Besinnung gekommen war, hatten die Kakerlaken sich schon in Bewegung gesetzt und rannten über ihre Laufbahnen.

Was für ein wunderbarer Tag. Alle lächeln mich an, alle sind so lieb, so freundlich. Gleich gewinne ich für Klawdija einen Videorecorder und kaufe dann in aller Ruhe den allerbesten Rollstuhl, dachte Natalja, während sie die Kakerlaken beobachtete und ihrer Nummer die Daumen drückte.

»Los doch, Tempo, mein Herzchen!«, murmelte eine muntere, rundliche Omi mit gelben Löckchen. Ihre Kakerlake hatte die Nummer drei.

»Gewonnen haben Nummer drei und Nummer fünf. Unentschieden!«, erklärte der Spielleiter, ein sympathischer junger Mann mit sorgfältig gestutztem hellbraunem Bärtchen. »Das Spiel geht weiter! Setzen Sie bitte! Fünfzigtausend Rubel.«

Die lockenköpfige Oma gab dem Spielleiter sofort einen Schein, und auch alle anderen Spieler suchten Geld heraus.

»Einen Moment«, wandte sich Natalja Sergejewna unsicher an den jungen Mann, »kann ich meinen Preis sofort haben? Mir ist gesagt worden, es genügt, einfach nur teilzunehmen.«

»Die Regeln besagen, dass wir die Preise erst nach Abschluss des Spiels herausgeben«, erklärte der Bursche. »Setzen Sie bitte.«

»Ich verstehe nicht, wieso muss ich bezahlen?« Natalja errötete. »Es ist doch ein Spiel ohne Verlierer, und meine Nummer ist als Erste angekommen.«

»Meine auch!«, bemerkte die Löckchen-Oma stolz.

»Richtig.« Der Spielleiter nickte. »Aber es gibt bei uns nur einen ersten Preis. Einen Preis und zwei Sieger. Sie verstehen?« Er beugte sich zu Natalja hinüber und sagte leise und vertraulich: »Sie haben schon gewonnen, aber es gibt Regeln. Um Ihren Preis zu bekommen, müssen Sie bis zum Ende des Spiels dabeibleiben.«

»Sie halten uns alle auf!«, mischte sich ein solide aussehender älterer Mann im Jogginganzug ein. »Entscheiden Sie sich endlich.«

»Begreifen Sie denn nicht, solche Spiele finden hier nur ein Mal alle vier Monate statt«, raunte ihr eine samtene Männerstimme ins Ohr. »Ich wohne hier in der Nähe, komme extra deswegen her. Überlegen Sie, fünfzigtausend Rubel – das ist doch heutzutage kein Geld.«

»Sagen Sie« – Natalja blickte verwirrt den Spielleiter an –, »wenn ich nun verliere, bekomme ich das Geld dann zurück?«

»Aber Sie können gar nicht verlieren, Sie können nicht!«, erhob der gebildet aussehende magere Mann mit Brille, der ihr eben ins Ohr geflüstert hatte, seine Stimme. »Im Jahr gibt es nur vier Tage, an denen niemand verliert. Die Chance, zur rechten Zeit am rechten Ort zu sein, ist nach der Wahrscheinlichkeitstheorie so gering, dass es eine Sünde wäre, eine so günstige Gelegenheit nicht zu nutzen. Und Sie waren kaum hereingekommen, da haben Sie gleich gewonnen. Fassen Sie sich ein Herz, ich will diesen Fünfziger gern für Sie setzen. Sie dürfen sich das wirklich nicht entgehen lassen!«

Alle im Pavillon schauten Natalja Sergejewna an. Alle warteten auf ihre Entscheidung. Sie musste daran denken, welche Vorwürfe sie sich später machen würde – dass sie für Katja den besten Rollstuhl hätte kaufen können, aber die günstige Gelegenheit aus Feigheit hatte verstreichen lassen. Sie fürchtete sich vor dem Risiko. Aber eigentlich gab es ja gar kein Risiko. Alle hier setzten ja seelenruhig ihre Fünfziger, die lockenköpfige Oma genauso wie der ältere Mann im Jogginganzug und der magere mit der Samtstimme und der Brille. Er war ja sogar bereit, für sie zu bezahlen. Also musste er wohl von ihrem Sieg überzeugt sein. Und da zweifelte sie immer noch …?

Oberst Anatoli Sergejewitsch Popow sah sich das Video, das seine Leute aufgenommen hatten, schon zum dritten Mal an, stoppte das Band immer wieder und spulte es zurück. Ein Mitarbeiter, der gestern am Pavillon in Lushniki eingesetzt gewesen war, hatte berichtet, er habe bei einem Mädchen, das still in einer Ecke hinter den Spielern gesessen habe, eine kleine Fernbedienung auf dem Schoß gesehen.

Der Oberst glaubte ihm nicht. Das wäre allzu einfach. Vor vier Jahren, als er den Fall der »Deppodrome« gerade übernommen hatte, war genau das seine erste Idee gewesen – die rennenden Tierchen werden durch eine Fernbedienung gelenkt, die ein Angestellter des Pavillons heimlich in der Hand hält. Wie hätte man sonst die Tatsache erklären können, dass immer nur die unechten Spieler siegten und die Preise gewannen?

Alles war längst überprüft worden. Die Angestellten der Pavillons hatten keine Fernbedienungen. Das war Unsinn. Das Konzept der »Deppodrome« war viel raffinierter und klüger, als es auf den ersten Blick schien. Die Lösung des Rätsels, der Schlüssel, mit dessen Hilfe man das betrügerische System knacken konnte, war im Computer selbst verborgen, im Spielprogramm. Aber dafür musste man das Programm erst einmal haben, auf eine Festplatte herunterladen. Um das still und unbemerkt bewerkstelligen zu können, brauchte man einen V-Mann unter den Angestellten. Jeder neue Mitarbeiter wurde jedoch sorgfältig überprüft, und selbst wenn er diese Überprüfungen überstand, gab es noch keine Garantie, dass er Zugang zu den Computern und zum Programm bekam.

Neben den festangestellten Wachmännern gab es noch die Kontrollposten der Banden von Solnzewo und Taganka, der beiden kriminellen Organisationen, denen der Komplex von Lushniki gehörte, und die nicht weniger aufmerksam über die Ruhe der »Deppodrom«-Angestellten wachende örtliche Miliz. Sobald einer der Männer der Abteilung zur Bekämpfung des Organisierten Verbrechens (ABOK) einen der Pavillons zwei, drei Stunden observierte, trat ein Milizionär auf ihn zu, bat ihn höflich um seine Papiere und forderte ihn unter irgendeinem banalen Vorwand auf, mit aufs Revier zu kommen, weil er angeblich irgendeinem gefährlichen Verbrecher, der auf der Fahndungsliste stehe, verblüffend ähnlich sei.

Die Einsatzleute der ABOK arbeiteten deshalb verdeckt und erklärten ihre Anwesenheit in der Nähe der »Deppodrome« entweder als puren Zufall oder als dienstliche Notwendigkeit im Zusammenhang mit anderen Ermittlungen, die nichts mit dem Glücksspiel zu tun hatten.

Das Material über die erfolgreiche Tätigkeit der »Deppodrome« lag wie Blei in den Akten. Alles, was man bisher erreicht hatte, war die Festnahme einiger kleinerer Angestellter unter dem Verdacht des Betruges. Aber dem System selbst tat das keinen Abbruch. Um das System als Ganzes zu vernichten, musste man nachweisen, dass die zwölf offiziell registrierten Firmen in Wahrheit nur Ableger einer einzigen kriminellen Vereinigung waren, doch man konnte den Organisatoren und Mitarbeitern der Computerpavillons außer Betrug im Einzelfall nichts nachweisen.

Doch dann gelang es einem der ins Kartell

eingeschleusten V-Leute endlich, unbeaufsichtigt an einem Computer zu bleiben. Er benötigte vierzig Minuten, um mit Hilfe eines Kreuzschraubenziehers den Deckel vom Gehäuse zu entfernen, eine zweite Festplatte anzuschließen und das Programm herunterzuladen. Während im Pavillon ein neues Opfer bearbeitet wurde, machten sich die Programmierer der ABOK mit dem trickreichen Aufbau des Spielprogramms vertraut.

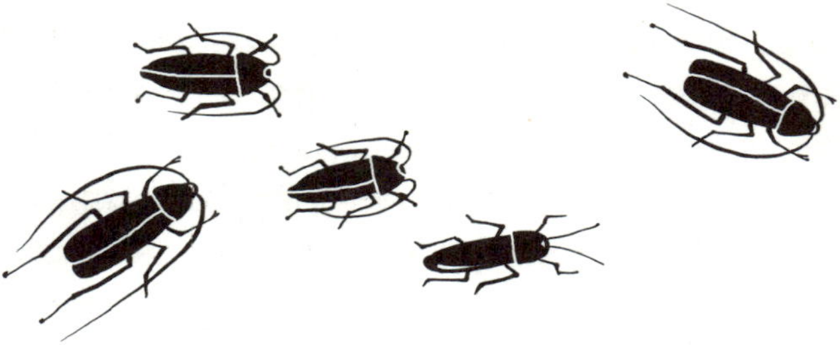

Oberst Popow taten die Augen weh. Immer wieder hatte er das Band angehalten und erneut in Gang gesetzt. Die Analyse des Computerprogramms konnte natürlich ein wichtiges Argument für eine gerichtliche Untersuchung und einen Prozess liefern, aber trotzdem, das waren doch eher indirekte Beweise. Ferngelenkte Kakerlaken, ja, das wäre etwas ganz anderes. Das würde eindeutig den betrügerischen Charakter des ganzen Kartells beweisen. Aber Wunder gibt es nicht. Unter den Gaunern, die sich darauf verstehen, aus der Dummheit anderer das dicke Geld zu machen, gibt es keine Trottel.

Das Mädchen auf dem Video hielt tatsächlich irgendeinen kleinen, flachen Gegenstand in der Hand, der stark an eine Fernbedienung erinnerte. Sie drehte ihn zerstreut hin und her, warf ihn dann in die Höhe und fing ihn mit der flachen Hand wieder auf. Eine Minute später stand sie auf, ging auf die Straße und zündete sich eine Zigarette an. Es war ein Feuerzeug, das sie in der Hand hielt. Ein gewöhnliches Feuerzeug. Keine Fernbedienung.

Die Kamera griff aus der Gruppe der unechten Spieler für ein paar Augenblicke das Gesicht eines neuen »Deppen« heraus – das einer jungen, verschüchterten Provinzlerin.

Gerade war ihre Kakerlake als Erste ins Ziel gelangt. Man hatte sie kostenlos gewinnen lassen. Aber zusammen mit ihr hatte noch jemand aus der Gruppe der Betrüger gewonnen.

Der Oberst studierte aufmerksam das Gesicht der Frau auf dem Bildschirm. Gerade erklärte man ihr eindringlich die Regeln des Spiels. Sie musste sich entscheiden. Natürlich wurde ihr von allen Seiten Druck gemacht, man redete ihr zu, weiterzumachen, eine lächerlich kleine Summe zu setzen, um im Spiel zu bleiben und ihren Preis zu bekommen – einen japanischen Videorecorder. Drüben in den Regalen an der Wand standen sie, in lauter bunten Kartons. Die meisten Kartons waren allerdings leer.

***Schließlich kann ich** ja auch am Essen sparen,* dachte Natalja Sergejewna, *ich habe so viel Schaschlik gegessen, dass ich ein paar Tage allein von der Erinnerung daran zehren kann.*

Der zerknitterte Fünfzigtausender verschwand in der ledernen Gürteltasche des bärtigen Spielleiters. Die Kakerlaken rannten wieder über ihre Bahnen. Diesmal kam die Nummer fünf als Zweite ins Ziel. Erste wurde die Nummer drei.

»Herzlichen Glückwunsch«, sagte der junge Mann feierlich und schüttelte der lockenköpfigen Oma die Hand, »Sie haben eine Stereoanlage gewonnen!«

»Danke, mein Söhnchen, mein Lieber!« Die Alte brach vor Freude fast in Tränen aus. »Das wird ein schönes Geschenk für meinen Enkel werden! Wenigstens einmal im Leben habe ich Glück gehabt, auf meine alten Tage!«

»Gehen Sie zu dem Mädchen dort drüben, sie wird Ihnen die Lieferpapiere ausstellen. Wir liefern kostenlos ins Haus, dem Gerät liegt eine Gebrauchsanweisung in russischer Sprache bei.«

Natalja Sergejewna war niemals neidisch auf andere, sie freute sich aufrichtig über das Glück der alten Frau.

»Sie sind die Nächste«, flüsterte ihr der bebrillte Mann mit der Samtstimme zu, der ihr die fünfzigtausend Rubel hatte leihen wollen, nur damit sie weiterspielte, »ich fühle es, Sie sind die Nächste. Machen Sie jetzt nur keine Pause oder einen Rückzieher. Sein Glück muss man beim Schopf packen und nicht durch Zaudern vertreiben.«

Natalja sah, dass die anderen Spieler wieder Geld herausholten. Noch einmal fünfzigtausend. Ihr Herz tat einen unangenehmen Sprung. Das waren nun schon hunderttausend Rubel. Eine beträchtliche Summe. Nur am Essen konnte sie das nicht wieder einsparen.

Der junge Mann, der das Spiel leitete, blickte sie an. Auch alle anderen sahen sie an.

»Also, was ist jetzt? Spielen wir oder nicht?«, sagte der ältere Mann im Jogginganzug, der Ungeduldigste, aufgebracht.

»Entschuldigung, mir ist nicht ganz klar, geben Sie mir das Geld denn nun nachher zurück?«, fragte Natalja rasch und errötete von neuem.

»Aber natürlich!«, rief der Spielleiter fast schon beleidigt. »Mehr als das, Sie erhalten das Zehnfache dafür. Denn der Wert selbst unseres kleinsten Preises übersteigt Ihren Einsatz bei weitem. Wie ist es, spielen wir? Ich warne Sie, der nächste Preis geht garantiert an Sie.«

»Woher wissen Sie das?«, fragte der Typ im Jogginganzug mit zusammengekniffenen Augen. »Vielleicht bekomme ich ihn ja?«

»Ich fühle es«, erklärte der Spielleiter mit einem charmanten Lächeln, »diese Frau wird gewinnen. Und Sie gleich nach ihr.«

Natalja Sergejewna zog schweigend einen weiteren Fünfzigtausender heraus. Ihre Wangen flammten, ihr Herz klopfte immer schneller.

Oberst Popow kannte alle diese Tricks in- und auswendig. Die Lust am Spiel wurde ganz vorsichtig, Schritt für Schritt, angeheizt, ohne Druck. Nicht jeder entschließt sich, ins Casino oder zum Pferderennen zu gehen oder sich an einen Kartentisch zu setzen. Und einem Provinzler mit wenig Geld, der jede Kopeke umdreht, kommt so was schon gar nicht in den Sinn. Das Ärgerlichste war, dass die »Deppodrome« sich gerade diejenigen herauspickten, die eigentlich gar nicht spielen wollten.

Es gibt Spieler, die süchtig sind. Ihr ganzes Leben wird vom Spiel ausgefüllt, sie können an nichts anderes denken, durch nichts sonst erfahren sie eine so intensive, lebhafte Befriedigung. Wie die meisten Suchtkranken nehmen auch sie ein schlimmes Ende: Sie verschulden sich bis über beide Ohren, stehlen, um ihre Verluste wieder zurückzugewinnen.

Es gibt andere Menschen, für die das Glücksspiel eine Art harmlose Entspannung ist, ein angenehmer Adrenalinstoß, mehr nicht. Ein wohlhabender Geschäftsmann weiß in der Regel im Voraus, welche Summe er verschmerzen kann, für ihn ist es nicht wichtig, ob er gewinnt oder verliert. Wenn er verliert, zahlt er für den Nervenkitzel so viel, wie er sich erlauben kann, und ist immer imstande, rechtzeitig aufzuhören.

Ein normaler, vernünftiger Mensch begreift, dass man durchs Glücksspiel nicht reich werden kann. Selbst Berufsspielern gelingt das selten. So hat ein professioneller Falschspieler einmal treffend bemerkt: »Wenn du im Casino gewinnen willst, musst du es kaufen.«

Die Mehrheit der Zufallsspieler, die »Deppen«, treibt anfangs nur die Neugier. Ein Mensch, der noch niemals gespielt hat, möchte wissen, ob er Glück im Spiel hat. Da kommen die Sprüche der Anwerber gerade recht: »Sie haben unseren Preis gewonnen, Sie dürfen kostenlos an einem Gewinnspiel ohne Verlierer teilnehmen.«

Man kommt zufällig vorbei, und man wählt dich aus der Menge aus. Ist das etwa nicht angenehm und schmeichelhaft? Du hast schon

Glück gehabt, du hältst ein Kärtchen mit einer Nummer in der Hand: deine Fahrkarte ins Land der Dummen.

Dann schüren erfahrene Hände das Feuer. In deinem Herzen entzündet sich langsam, aber sicher die gefährliche Flamme des Glücksspiels. Noch ein bisschen, und du wirst gewinnen. Hinter der Kakerlake, die über den Monitor des Computers rennt, siehst du das aufreizende, flüchtige Lächeln der Glücksgöttin. Du möchtest dich so gern für einen Augenblick als Günstling des Schicksals fühlen.

Und es zerrt dich ja niemand gewaltsam vor den Computer. Willst du keinen kostenlosen Videorecorder – bitte sehr, geh deiner Wege, du Langweiler, vorbei an unserem Glaspavillon. Was stehst du noch herum? Warum hörst du mit offenem Mund der sympathischen jungen Frau zu, die dich wortreich anlockt und beschwatzt? Meinst du, hier schenken sie wirklich jedem zufälligen Passanten einen Videorecorder bloß dafür, dass er mal einen Blick auf rennende Kakerlaken wirft?

Oberst Popow stoppte das Band. Auf dem Bildschirm erstarrte das krampfhaft verzerrte Gesicht der Frau. Offensichtlich konnte diese Provinzlerin an nichts anderes mehr denken. Gerade hatte sie dem gewandten Spielleiter einen Geldschein gegeben – keine Rubel, sondern eine Dollarnote. Sie hatte sie nicht aus ihrem Portemonnaie geholt, sondern aus einer ins Futter ihres Kleides eingenähten Geheimtasche. Ihre Hände zitterten, in ihren Augen standen Tränen. Dabei konnte sie doch noch gehen. Sie hatte doch noch nichts verloren, musste nichts zurückgewinnen!

Dem Oberst tat es plötzlich schrecklich Leid, dass er die Zeit nicht genauso leicht anhalten konnte wie das Videoband, dass er nicht alles zurückspulen konnte und die Frau dem schlauen Betrüger ihren Geldschein wieder abnahm, nicht nur diesen einen, sondern alle, die sie ihm schon gegeben hatte, den Pavillon verließ, vorüberging, ohne auf das verlockende Geschwätz der Werberin zu hören.

Mein Gott, was ist los mit mir? *Was tue ich? Ich muss hier raus. Mich umdrehen und gehen, solange es noch nicht zu spät ist. Niemand hält mich fest. Für den Rollstuhl reicht mein Geld noch. Aber für mehr auch nicht. Ich kann nicht einmal mehr den Transport zum Flughafen bezahlen.*

Nein, es ist zu spät, ich muss mein Geld zurückbekommen, wenigstens einen Teil davon, der Mann im Jogginganzug hat doch auch gerade einen japanischen Fernseher gewonnen und darum gebeten, ihm den Preis in Geld auszuzahlen. Ich habe gesehen, wie man ihm die Scheine abgezählt hat …

Das alles schwirrte Natalja durch den Kopf, während die Kakerlake Nummer fünf, hurtig die Beinchen schwingend, über den Bildschirm rannte.

»Nun mach schon, schneller, schneller!«, murmelte Natalja mit ausgetrockneten, fast steifen Lippen.

Die Einsätze stiegen und stiegen. Von irgendwoher tauchten noch zwei weitere Spieler auf. Natalja achtete nicht darauf, dass es kräftige, durchtrainierte junge Burschen waren, in Lederjacken und mit ausrasierten Nacken. Ihre ganze Aufmerksamkeit konzentrierte sich auf die Kakerlake Nummer fünf. Jetzt gleich, nur noch ein kleines Stückchen ...

Sie stand vor dem Computer wie hypnotisiert. Nur ein Gedanke beherrschte sie: Der Gewinn war ganz nahe. Sie durfte nicht aufgeben, sie durfte nicht weggehen. Nummer fünf näherte sich dem Ziel. Sie kam als Erste an!

»Unentschieden! Nummer zwei und Nummer fünf sind gleichzeitig angekommen. Bitte setzen Sie erneut!«

Die Scheine flatterten in die prall gefüllte lederne Gürteltasche des bärtigen Spielleiters.

»Jetzt fängt das Spiel erst richtig an!«, flüsterte der Mann mit der Samtstimme, und seine Augen funkelten. »Lassen Sie sich nicht aus der Ruhe bringen! Sie haben jetzt die Chance, alles zurückzugewinnen und noch viel mehr zu bekommen. Wenn Sie es wünschen, zahlt man ihnen den Preis in Geld aus, in sehr viel Geld. So viel, wie Sie noch nie in der Hand gehalten haben. Hauptsache, Sie geben nicht auf und glauben an den Erfolg. Enttäuschen Sie uns nicht und verlieren Sie nicht die Hoffnung! Ich halte Ihnen jedenfalls beide Daumen.«

Hinter seinem hitzigen Geflüster hörte Natalja Sergejewna die Geldscheine rascheln. Im Geist sah sie ein dickes Bündel Dollarnoten vor sich, das sie jetzt gleich, in wenigen Augenblicken, in den Händen halten würde. Denn es konnte doch einfach nicht sein, dass man in ein paar Stunden alles verlor. Sie hatte nie jemandem etwas Böses getan, nie jemanden gekränkt oder betrogen, sie musste einfach Glück haben. Sie würde nicht eher von hier weggehen, bis sie alles zurückgewonnen hatte, um keinen Preis würde sie vorher gehen. Wie sollte sie ohne Rollstuhl heimkehren, ohne den Videorecorder für Klawdija? So viele Leute hatten inzwischen schon Preise bekommen. Jetzt war sie an der Reihe.

Die falschen Spieler arbeiteten niemals länger als zwei Tage im selben Pavillon. Ständig tauchten neue Gesichter auf. Fünfhundert Leute waren in Zehnergruppen aufgeteilt und zogen von einem Pavillon zum nächsten. Sie hatten immer eine bestimmte Menge Bargeld bei sich, um dem verwirrten »Deppen« etwas leihen zu können. Vielleicht nicht alle, aber bestimmt jeder Zweite von ihnen war ein begabter Schauspieler. Sie waren Menschen aus der Masse. Gewöhnliche Menschen.

Die Außendienstler der ABOK fotografierten sie heimlich. Die Aufnahmen lagen ungenutzt bei den Untersuchungsakten. Hunderte von Fotos. Junge Gesichter, alte Gesichter, schöne, hässliche, kluge, dumme …

Am bereitwilligsten übernahmen Flüchtlinge aus dem nahen Ausland diese Arbeit, die weder Geld noch eine Bleibe hatten. Es waren aber auch Moskauer dabei. Ärzte, Lehrer, Ingenieure, Mitarbeiter der verarmten wissenschaftlichen Institute. Monatelang wurde ihnen kein Gehalt gezahlt, und hier gab es endlich richtiges Geld, noch dazu ohne besondere Anstrengung. Man musste sich nur hinter so einen »Deppen« klemmen, ihn anheizen, zum Spielen animieren, ihm ein bisschen Theater vormachen. Je mehr er verlor, desto mehr bekam man selbst. Schnell verdientes, leichtes Geld. Und was Gewissen und Mitleid betraf … Hatte man ihn denn gezwungen, diesen Trottel? Hatte man diese Provinzlerin in ihrem albernen quietschrosa Kleid vielleicht gewaltsam in den Pavillon geschleift und an den Computer gebunden?

Ihr Gesicht war so bleich, als würde sie auf der Stelle in Ohnmacht fallen. Natalja holte aus ihrer Tasche ihren letzten Hundertdollarschein. Neben ihr stand ein junger Mann mit Brille. Ein Moskauer. Wissenschaftlicher Mitarbeiter am Institut für Maschinenbau, mit Doktortitel. Vater von zwei kleinen Kindern. Seit einem halben Jahr hatte er kein Gehalt mehr bekommen. Er war es gewesen, der Natalja Sergejewna geschickt zum Spiel angestachelt hatte. Jetzt, als sie ihren letzten Hunderter herausholte, war er schon im Begriff weiterzugehen, es wäre ein Kinderspiel für ihn gewesen, sie süchtig zu machen, in Schulden zu stürzen, ihr Geld anzudrehen. Sie würde es nehmen. Sie hatte nichts mehr zu verlieren.

Und trotzdem bekam er im letzten Moment Mitleid mit ihr. Ließ sie in Ruhe. Sie hatte alles verspielt, bis zur letzten Kopeke. Lange stand sie vor dem Computer, glotzte stumpf auf den Bildschirm. Sie stand unter Schock. Vielleicht würde sie, wenn sie wieder zur Besinnung kam, eine Anzeige an die Miliz schreiben. Na, und wenn schon. Tausende solcher Anzeigen stapelten sich unbearbeitet bei den verschiedenen Instanzen. Das System existierte trotzdem und würde weiterexistieren. Was sollte schon passieren?

Das Einzige, was man der übertölpelten Frau raten konnte, war, so schnell wie möglich Moskau zu verlassen, nach Hause zu fahren und zu versuchen, das Geschehene zu verarbeiten und sich damit abzufinden.

Im Büro klingelte das interne Telefon. Oberst Popow schaltete den Ton des Videorecorders ab und griff zum Hörer.

»Ich habe es geschafft, das Programm zu disassemblieren. Sie hatten mich gebeten, sofort anzurufen«, sagte eine junge, helle Stimme.

»Ja, Kostja, danke. Wie sieht's denn aus?«

»Im Großen und Ganzen, wie wir gedacht haben, nichts Konkretes. Wahrscheinlichkeitstheorie. Ich habe mir schon ein paar Notizen für den Bericht gemacht, ich kann sie Ihnen vorbeibringen.«

»Ich erwarte dich.« Der Oberst legte auf.

Drei Minuten später betrat der Programmierer das Büro. Oberst Popow überflog den kurzen, eben erst ausgedruckten Text.

»Die Analyse des Assembler-Codes zeigt,

dass die Ergebnisse des Spiels nicht gleichermaßen wahrscheinlich sind. Einige Nummern gewinnen häufiger als andere, deshalb sind bei einer großen Anzahl von Spielen die Veranstalter, die auf diese Nummern setzen, immer im Vorteil.«

Der Videorecorder im Büro lief ohne Ton weiter. Das Band wiederholte die immer gleichen Geschehnisse.

Mit weichen Knien hatte Natalja Sergejewna es bis zum Milizrevier geschafft.

»Aber es hat Sie doch niemand gezwungen zu spielen«, sagte der Diensthabende kopfschüttelnd in vorwurfsvollem Ton.

»Ja, das stimmt.« Natalja nickte demütig. »Aber verstehen Sie, dieser eine Rollstuhl kostet nur hundert Dollar mehr, und da dachte ich …«

»Sie hätten vorher denken sollen.« Der Diensthabende blickte sie aufgebracht an. »Spiel ist Spiel. Der eine hat Glück, der andere nicht. Es gibt keinerlei Hinweise auf eine Straftat. Vorwürfe können Sie nur sich selbst machen.«

Die Anzeige nahm er trotzdem auf.

In der Manteltasche hatte sie noch Kleingeld für die Metro. Es blieben eine Nacht und ein

Tag, die sie noch irgendwie in Moskau verbringen musste. Die Flugtickets und das Hotelzimmer waren vom Ministerium im Voraus bezahlt worden. Natalja Sergejewna merkte nicht, wie sie vom Menschenstrom in die Metro getragen wurde und in einem der Züge landete. Man stieß und schubste sie, es war gerade Rushhour. Plötzlich schien ihr, es habe gar keinen Pavillon gegeben, keine Kakerlaken, und sie habe das alles nur geträumt. Das Geld hatte sie im Hotel gelassen, sie musste nur dorthin zurück. Der samtstimmige Brillenträger, die lockige Oma, die Gürteltasche des jungen Spielleiters – das alles war nur ein Albtraum gewesen. Sie, die Lehrerin Natalja Sergejewna, hatte noch nie in ihrem Leben gespielt, nicht einmal Karten. Seit ihrer Kindheit war sie der Meinung, dass nur leichtsinnige und habgierige Menschen um Geld spielten und ihr so etwas nie passieren könne. Nun würde sie in ihr Dorf zurückkehren, mit leeren Händen, und was sollte sie sagen? Alles Geld hatte sie verspielt, sogar das, das gar nicht ihr gehörte. Aber niemand würde das glauben, denn wäre so etwas tatsächlich passiert, wäre sie vor Scham glatt gestorben. Doch sie durfte ja nicht sterben, weil sie Katja nicht als Waise zurücklassen konnte. Am besten, sie dachte gar nicht mehr daran. Genau. Bloß nicht nachdenken. Einfach verdrängen. Alles war nur ein Albtraum. Das Geld lag friedlich im Hotel, am Boden des Koffers, in einem Geheimfach unter dem Futter. Sie erinnerte sich genau daran, wie sie es gestern Abend dort hineingesteckt hatte, als ihre Mitbewohnerin ins Bad gegangen war. Sie brauchte nur ins Hotel zurückzukehren und sich zu überzeugen, dass alles in Ordnung war. Dann würde sie sich ausruhen, einen Spaziergang machen und morgen alles kaufen, was sie sich vorgenommen hatte.

Aber dummerweise hatte sie den Namen der Station vergessen, an der sie umsteigen musste. Sie versuchte sich zum Metroplan durchzudrängen, schaffte es aber nicht. Ein spitzer Ellenbogen bohrte sich schmerzhaft in ihre Seite, jemand trat ihr auf den Fuß.

»He, was ist denn in Sie gefahren?«, blaffte ihr eine heisere Männerstimme ins Ohr.

Ja, was? Verrückt werde ich. Belüge mich selbst. Es ist gar kein Traum. Alles hat es wirklich gegeben. Den Pavillon mit den Kakerlaken, den Mann mit Brille und Samtstimme, die Oma mit den Löckchen. Und ich habe keine Kopeke mehr. Mir bleibt nur übrig, zu Hause zu sagen, man habe mich bestohlen. Vielleicht glaubt man mir ja. Aber mir selber werde ich das nie verzeihen.

Alkoholgeruch wehte ihr ins Gesicht, so intensiv, dass ihr die Luft wegblieb. Tränen rollten über ihre Wangen, sie erschrak. Eine erwachsene Frau, die in aller Öffentlichkeit weint – wie peinlich! Aber niemand bemerkte es.

»Endstation. Bitte alle aussteigen.«

Von dem überfüllten Bahnsteig wurde sie zur Rolltreppe geschoben, dann in den engen Durchgangstunnel. Sie hielt Ausschau nach irgendeinem Wegweiser, einem Plan oder wenigstens einem menschlichen Gesicht, an das sie eine Frage hätte richten können. Aber die Tränen quollen aus ihren Augen, und sie konnte nichts erkennen. Wieder eine Rolltreppe. Schwere Türen. Die kalte, feuchte Luft der Straße.

Ich muss ein bisschen frische Luft schnappen, sagte Natalja sich, *in so einem Gewühl kann man ja keinen klaren Gedanken fassen. Um ruhiger zu werden und zur Besinnung zu kommen, muss ich eine Weile spazieren gehen und allein sein.*

Sie verließ den lauten Boulevard und bog in die nächste Seitenstraße ein, eine ruhige, fast menschenleere Gasse. Hier standen alte, stuckverzierte Villen, mit Karyatiden und Löwen an den Portalen. In der Ferne, durch einen Schleier von Tränen, sah sie undeutlich die gusseiserne Einzäunung einer gemütlichen Promenade, wo man auf einer Bank sitzen konnte. Natalja ging den schmalen Bürgersteig entlang darauf zu. Sie stieß dauernd gegen Autos, schimmernde, gepflegte Limousinen, die so dicht an den Häusern geparkt waren, dass man sich kaum vorbeizwängen konnte. Einen silberfarbenen Wagen streifte Natalja mit ihrer Handtasche. Das luxuriöse Ungeheuer begann drohend, ohrenbetäubend zu heulen. Natalja schrie auf, stolperte auf die Fahrbahn, wollte zurücktreten, rutschte auf einer Bananenschale aus, verlor einen Schuh, und im selben Moment versank alles im wahnsinnigen Kreischen von Bremsen, im Krachen und Klirren von zersplittertem Glas. Die Gasse drehte sich wie ein Karussell. Hoch über Nataljas Kopf flog der Zaun der Promenade vorbei, durch die Gitterstäbe schauten sie die steinernen Augen einer Karyatide an.

Schon im Flur hörte Oberst Popow das melodische Klingeln seines Mobiltelefons. Er war bei seinem Chef gewesen, hatte Bericht über die Dechiffrierung des Spielprogramms erstattet, darüber, dass der betrügerische Charakter des Spiels so gut wie bewiesen war, aber statt eines Glückwunsches hatte er wieder nur Vorwürfe gehört. Womit er sich, bla-bla-bla, eigentlich seit vier Jahren so hartnäckig beschäftige? Seine Hartnäckigkeit, bla-bla-bla, sei verbohrt, ohne Sinn und Verstand. Nichts als Unannehmlichkeiten habe man dadurch.

Der Chef hatte mal wieder ein offizielles Schreiben erhalten, einen von Staatsbeamten, Politikern, einflussreichen Geschäftsleuten und sonstigen wichtigen Persönlichkeiten gemeinsam unterzeichneten Brief. Darin wurde Befremden darüber ausgedrückt, wieso unsere

Justizorgane, statt Verbrecher zu fangen, die Entwicklung des freien Unternehmertums behinderten und auf diese Weise die Grundlagen der jungen Demokratie und die Menschenrechte mit Füßen träten. Das Geschäft mit dem Glücksspiel existiere in allen Industrieländern auf völlig legaler Basis. Aber aus irgendeinem Grund würden bei uns gerade die tüchtigen, energischen Menschen verfolgt, eben die, die fähig seien, unserer gequälten Heimat eine stabile Zukunft zu garantieren, Russland die Chance zu geben, ein reiches, mächtiges Land zu werden. Verfolgt würden sie nur deshalb, weil sie erfolgreich und begabt seien, oder einfacher ausgedrückt – aus Missgunst. Oder verberge sich dahinter etwa krasse Habgier? Der Wunsch, sich ein fettes Stück vom fremden Erfolg abzuschneiden? Die Besitzer der Computerspiel-Firmen bezahlten ehrlich ihre Steuern, spendeten für wohltätige Zwecke und verletzten in keiner Weise das Gesetz.

Und so weiter in diesem Tenor.

Das Telefon schrillte immer noch. Der Oberst beschleunigte seinen Schritt, wurde plötzlich aus irgendeinem Grund nervös und öffnete die Tür zu seinem Büro nicht sofort.

»Operst Popow, in der Staropetschatny-Gasse ist ein Unfall passiert«, hörte er die atemlose, aufgeregte Stimme eines seiner Außendienstler, »ich denke, Sie sollten sofort zum Unfallort fahren, es ist ganz in der Nähe.«

Drei Minuten später jagte Oberst Popow in seinem Dienstwagen mit eingeschaltetem Blaulicht zur Staropetschatny-Gasse. Der Mitarbeiter, der ihn angerufen hatte, gehörte zu der Gruppe, die die »Großen Drei« beobachtete. Der Oberst nannte sie »WWM«: Wadik, Walera, Michlja. Er wusste alles über sie und konnte sie doch nicht packen, konnte ihnen nichts nachweisen. Zwar gab es eine Menge kleinerer Vergehen wie eingeschmuggelte Narkotika oder unerlaubter Waffenbesitz, aber der Oberst hatte genügend Erfahrung, um zu wissen: Bei diesen Jungs reichten solche Anklagen nicht aus. Es lohnte nicht, der Versuchung nachzugeben. Sie würden die besten Anwälte anheuern, es würde Briefe und Anrufe von ganz oben regnen, eine vernichtende Pressekampagne lanciert werden. »WWM« würden mit heiler Haut davonkommen, er aber, Oberst Popow, säße in der Scheiße und wäre auch noch selbst schuld, wie diese Provinzlerin in dem rosa Kleid, wie Tausende Leute, die sich freiwillig, auf ganz legale Weise hatten ausplündern lassen.

In einer Kurve wurde der Oberst vom Notarztwagen überholt. Gellend heulte die Sirene.

Hinter dem Krankenwagen bog er in die Seitenstraße ein. Quer auf der Fahrbahn stand ein quadratischer, schwarzer, einem Katafalk ähnelnder Jeep. Seine Schnauze war von einem Betonpfeiler zerquetscht worden. Das Dach war mit den Splittern einer Straßenlaterne übersät. Die Alarmanlage hatte sich verklemmt, und der Wagen heulte wie ein verwundetes Tier. Durch die getönten Scheiben konnte man nicht erkennen, wie es drinnen aussah. Neben dem Jeep stand, die schmale Straße versperrend, ein hübsch bemalter kleiner Bus mit der Aufschrift »Beste italienische Sanitärtechnik«. Der Fahrer, der einen grünen Firmenoverall trug, stand rauchend neben der geöffneten Kabinentür und fluchte laut und resigniert.

Alles war voll von Polizisten und von Gaffern, die man noch nicht verscheucht hatte.

»Oberst Popow!« Der aufgeregte junge Außendienstler stürzte auf den Oberst zu. »Die Wagentür ist verkeilt, drei Männer stecken da drin fest wie in einer Konservenbüchse. Das Fenster auf der Fahrerseite ist ein paar Zentimeter geöffnet, der Arzt hat hineingeschaut und gesagt, sie sind schwer verletzt. Aber solange die Rettungsmannschaft nicht da ist, kommt man nicht an sie heran. Vorläufig sitzen sie drin und brüllen. Sie haben eine Frau überfahren.«

»Lebt sie?«

»Ja.«

Der Oberst erkannte sie fast sofort, wunderte sich aber merkwürdigerweise überhaupt nicht. Dieselbe Provinzlerin im rosa Kleid, die er auf dem Video gesehen hatte. Offenbar war sie mit dem Schrecken davongekommen. Sie rappelte sich gerade wieder auf. Der Notarzt stützte sie am Ellenbogen.

»Nein, nein, nein«, murmelte sie, das Gesicht schmerzlich verzerrt, »ich muss ins Hotel, sonst schaffe ich es nicht mehr, den Rollstuhl zu kaufen, ich muss doch den Rollstuhl mitbringen. Nein, nein, nein … Ich darf nicht mit leeren Händen zurückkommen.«

»Was hat sie?«, fragte der Oberst.

»Nichts Besonderes. Einen Schock und ein paar Schrammen. Ich untersuche sie gleich im Wagen und gebe ihr ein Beruhigungsmittel. Die aus dem Jeep, wissen Sie, wann man die rausholt?«

»Bald. Die Rettungsmannschaft muss jeden Moment hier sein.«

»Hoffentlich so schnell wie möglich. Die drei werden uns mehr Arbeit machen.«

Der ehemalige Afghanistankämpfer Walera, der Halter des Jeeps, konnte als Einziger von den dreien sprechen. Er lag verkrümmt auf der Rückbank, stöhnte, weinte und fluchte. Der Schmerz war so heftig, dass er glaubte, er müsse auf der Stelle sterben. Aber er starb nicht, obwohl er viel Blut verloren hatte.

Auf dem Fahrersitz saß Wadik. Sein blutverschmiertes Kinn zitterte. Blut lief ihm auch aus dem Mund, er spuckte es immer wieder aus, stöhnte dabei nicht einmal, sondern ächzte nur leise vor Schmerz.

Michlja lag halb neben ihm. Er war mit dem Kopf gegen die Windschutzscheibe gekracht und hatte das Bewusstsein verloren. Auf der Scheibe war ein feines Spinnennetz von Rissen zurückgeblieben.

Alle drei schnallten sich niemals an. Aus

Prinzip. Vor einer halben Stunde waren sie fröhlich und munter in Waleras nagelneuen Jeep geklettert, um zur Staropetschatny-Gasse zu fahren. Wadik wollte seinen Freunden sein künftiges Restaurant zeigen. Die Renovierungsarbeiten neigten sich dem Ende zu, die Küche war praktisch fertig. Es gab auch schon einen Chefkoch. Wadik rief ihn vom Auto aus an und befahl ihm, den Grill anzuwerfen und zu ihrer Ankunft ein Schaschlik zu braten, das er persönlich am Vorabend geschnitten und mariniert hatte.

Im Wageninneren dröhnte fröhliche, muntere Musik. Walera kämpfte nach einer stürmischen Nacht mit einer seiner Schönheiten gegen einen heftigen Kater an und war noch nicht richtig klar im Kopf. An der ersten Ampel tauschte Wadik mit ihm den Platz und setzte sich selbst ans Steuer des schicken Jeeps. Michlja saß neben ihm und quasselte ohne Pause, überschrie die Musik, erzählte, dass er wieder mal ein neues Schreiben der höchsten Instanzen an die ABOK organisiert habe, zur Verteidigung ihrer ehrlichen, erfolgreichen und in gewissem Sinne sogar wohltätigen unternehmerischen Tätigkeit. Die Wohltätigkeit bestand darin, dass den Menschen intensive, unvergessliche Augenblicke geschenkt wurden, Hoffnung und Enttäuschung, starke Empfindungen. Letztendlich ist unser Leben ein Spiel, also gibt es ohne Spiel kein Leben. Nur grauen Alltag, keine Spur von Adrenalin.

Sobald sie in die Gasse einbogen, ließ Wadik das Fenster etwas herunter und schnupperte. Sein Geruchssinn war so fein entwickelt, dass er durch alle Straßengerüche hindurch das ferne Aroma des ersten Schaschliks, das in der Küche seines Restaurants gebraten wurde, riechen konnte.

Neben ihm schwatzte Michlja. Das Radio plärrte. Dann ging auch noch die Alarmanlage eines am Straßenrand geparkten Autos los. Dieses ganze aufdringliche akustische Chaos lenkte ihn von der Konzentration auf seine komplizierte Schaschlik-Kreation ab.

»Halt die Klappe, Michlja«, knurrte Wadik, streckte den Arm aus, um die Musik leiser zu drehen, und im selben Moment gellte ihm Michljas markerschütternder Aufschrei in den Ohren: »Stopp!«

Irgendetwas Rosafarbenes wirbelte da unten vor den Rädern herum, ganz nahe. Die Bremsen quietschten, der schwere, klobige Korpus des Jeeps wurde herumgerissen, durchgeschüttelt, gegen etwas geschleudert. Von hinten vernahm Wadik einen merkwürdigen Knall, wie einen Schuss, ihm folgte ein dumpfes, schmerzverzerrtes Gebrüll. Wadik begriff nicht sofort, dass es Walera war, der da brüllte. Er selbst zitterte am ganzen Körper von dem plötzlichen Schmerz, der ihn durchfuhr, und wäre fast an seinem Blut erstickt, denn bei dem Aufprall hatte er sich die Zunge durchgebissen.

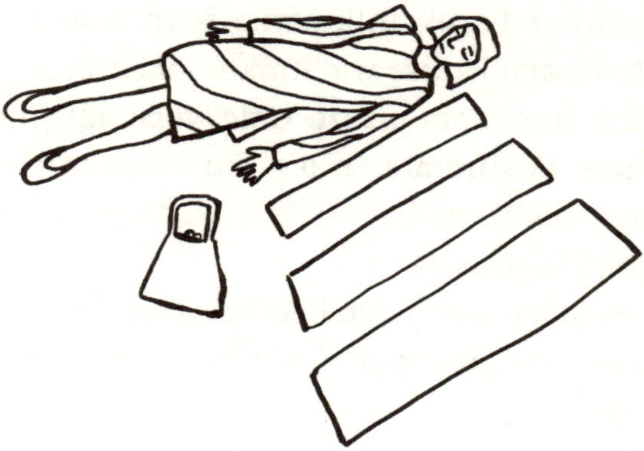

»Regen Sie sich nicht auf, niemand will Sie ins Krankenhaus bringen. Röntgen muss man Sie allerdings. Es könnte eine Rippe gebrochen sein. Aber insgesamt haben Sie großes Glück gehabt«, sagte der ältere Sanitäter, während er die tiefe Schramme auf Nataljas Wange behandelte. »Das ist nur eine Kleinigkeit, bis zur Hochzeit ist alles wieder heil, man wird überhaupt nichts davon sehen. Warum weinen Sie denn? Freuen sollten Sie sich. Übrigens stören die Tränen mich bei der Arbeit. Woher kommen Sie eigentlich? Na, nun sagen Sie schon was, Mädchen, machen Sie den Mund auf.«

»Aus Kamtschatka.«

»Oho! Was machen eure Fische? Alles okay?«

»Alles okay.«

»Und sind Sie hier privat oder geschäftlich?

So, das war's schon, nur ruhig. So ist's gut. Kein Grund zur Panik. Alles wieder in Butter, Sie fahren nach Hause wie funkelnagelneu.«

»Ich habe das ganze Geld verspielt, mein eigenes, das fremde, alles! Ich kann mich zu Hause nicht mehr blicken lassen«, platzte Natalja heraus.

»Im Spielcasino? Du lieber Himmel, wie sind Sie denn da gelandet?«, wunderte sich der Sanitäter.

»Nein. Am Computer, in Lushniki. Da, wo die Kakerlaken über den Bildschirm laufen.«

»Meinen Sie das Deppodrom?«

»Ich weiß nicht …«

Oberst Popow stand an der geöffneten Tür des Krankenwagens und hörte zu. Die Rettungsmannschaft war schon eingetroffen, und die unglückliche Dreierbande war aus dem Jeep befreit worden. Um sie kümmerte sich gerade eine andere Ärzte-Equipe.

Es sah nicht gut aus für »WWM«. Walera hatte sich, während er auf dem Rücksitz saß, mit seinem neuen Spielzeug, dem letzten Modell einer Walther Compact, vergnügt. Er hatte die Pistole in die Tasche gesteckt, wieder herausgeholt, betrachtet, entsichert, wieder weggesteckt. Als der Wagen zur Seite geschleudert wurde, zuckte sein Finger unwillkürlich. Die Pistole war geladen, der Schuss ging direkt in seiner Hosentasche los, durchschoss Waleras lebenswichtiges männliches Organ und verschaffte ihm außer dem Invalidenstatus auch eine Anklage wegen illegalen Waffenbesitzes.

Wadik brachte kein Wort heraus. Es schüttelte ihn, er spuckte ununterbrochen Blut. Außer der durchgebissenen Zunge konnten die Ärzte jedoch keine Verletzungen entdecken.

Was Michlja betraf, so hatte er alle Symptome einer starken Gehirnerschütterung. Auf seiner Stirn wuchs ihm eine große rote Beule. Mit Hilfe der Ärzte kam er ziemlich schnell wieder zur Besinnung, und das Erste, was er sagte, war das Wort »Anwalt«.

Unter Tränen erzählte Natalja Sergejewna dem Sanitäter, was ihr zugestoßen war. Sie musste sich aussprechen, davon wurde ihr leichter. Oberst Popow kletterte in den Notarztbus und lauschte. Die Tür blieb offen. Alle naselang schaute jemand hinein. Auch ein Anwalt war schon aufgetaucht und hatte verlangt, sofort mit dem Opfer zu sprechen.

»Wie viel Geld haben Sie insgesamt dort gelassen?«, fragte der Oberst, als sie zu Ende erzählt hatte.

»Sechshundertfünfundsiebzig Dollar.«

»Und wie viel kostet der Rollstuhl?«

»Ist das so wichtig?«, fragte Natalja erstaunt

und blickte den Unbekannten in der Milizuniform zum ersten Mal aufmerksam an.

»Sonst würde ich nicht fragen.«

»Fünfhundert Dollar. Genauso viel wie meine Prämie für den ›Lehrer des Jahres‹.«

»Nein, ich meine den anderen Rollstuhl, wegen dem Sie gespielt haben.«

»Sechshundert. Es ist das neueste Modell.«

»Kommen Sie mit.«

»Wohin?«

»Wir wollen uns mal mit dem Anwalt unterhalten.« Der Oberst half ihr, aus dem Bus zu steigen.

Der Anwalt war ein pausbäckiger junger Mann mit einem rotblonden Spitzbart und frechen runden Augen.

»Ich muss Natalja Sergejewna unbedingt allein sprechen«, erklärte er und betrachtete dabei die Spitzen seiner Wildlederschuhe.

»Werden Sie ihr ein Schmerzensgeld für den erlittenen physischen und moralischen Schaden zahlen?«, erkundigte sich der Oberst ruhig.

»Ich … Nein, wie kommen Sie darauf? Meinen Sie das ernst?« Der Anwalt schnellte in die Höhe und klapperte heftig mit seinen rötlichen Wimpern.

»Völlig ernst.«

»Also wissen Sie! So was wird vor Gericht geklärt. Außerdem scheint es mir in der vorliegenden Situation ziemlich unpassend zu sein, von einem Schaden zu sprechen. Ich habe mich bereits mit der Verkehrspolizei in Verbindung gesetzt, die Frau hat die Straße an einer Stelle überquert, wo es verboten war, und außerdem ist ihr ja gar nichts passiert. Aber die Insassen des Wagens haben ganz erhebliche Verletzungen davongetragen, mehr noch …«

»Und trotzdem wollen Sie ihr Schmerzensgeld zahlen«, flüsterte der Oberst, beugte sich ganz nah zum Ohr des Anwalts und verzog das Gesicht, als er dessen teures, süßliches Eau de Cologne roch. »Sie sind ganz versessen darauf, sie zu entschädigen, und bestimmt haben Sie eine ausreichende Geldsumme dabei.«

Aus dem Augenwinkel sah der Oberst das vor Verblüffung bleiche Gesicht seines Außendienstmitarbeiters. Natalja Sergejewna öffnete den Mund, um etwas zu sagen, schwieg aber.

»Wie viel?«, flüsterte der Anwalt und blickte sich nervös um.

»Achthundert Dollar«, antwortete der Oberst.

»Oberst Popow!«, murmelte sein Mitarbeiter heiser und holte mit zitternder Hand seine Zigaretten heraus.

»Sind Sie sich darüber im Klaren, was Sie tun?«, erkundigte sich der Anwalt leise und blickte den Oberst ironisch an.

»Das bin ich.« Oberst Popow zählte bereits die Hundertdollarscheine nach, ohne sich von irgendwem stören zu lassen. »Tauschen Sie den hier bitte aus. Er ist alt und zerknautscht.«

Natalja zitterten die Hände, sie lehnte es kategorisch ab, das Geld zu nehmen, aber der Oberst hörte gar nicht auf sie, nahm ihre Handtasche und steckte das Geld in ein verborgenes Seitenfach.

Unter den vielen Augen, die das Geschehen beobachteten, waren auch die des Chefkochs. Er stand am neuen Fenster der blitzenden Restaurantküche im ersten Stock der kleinen Villa. Von dort hatte er eine ausgezeichnete Sicht auf das Geschehen. Längst hatte er begriffen, dass es ihm nicht beschieden war, Chefkoch des schicken Restaurants »Wadim« zu werden. Er stand am Fenster und aß das Schaschlik, dieses wundervolle Schweineschaschlik. Zuerst einen Spieß, dann einen zweiten, einen dritten. Er war so in Gedanken versunken, dass er gar nicht merkte, wie er alles aufaß, fast zwei Kilo Schweinefleisch.

Walera landete direkt vom Krankenhausbett auf der Anklagebank. Die Strafe für illegalen Waffenbesitz war nicht hoch, aber sehr bald kam ein weiterer Paragraf hinzu, § 210 – »Organisation einer kriminellen Vereinigung«. Dieser Paragraf war gerade noch rechtzeitig zusammen mit dem neuen Strafgesetzbuch in Kraft getreten. Nach ihm wurden auch Wadik und Michlja zu langen Freiheitsstrafen verurteilt.

Oberst Anatoli Sergejewitsch Popow entdeckte danach zweimal am Unterboden seines Wagens befestigte Sprengsätze. Rund ein Jahr zog sich das gegen ihn eingeleitete Dienstaufsichtsverfahren hin. Seine Vorgesetzten wurden aus höchsten Kreisen mit Forderungen überschüttet, den Oberst wegen Überschreitung seiner Befugnisse vor Gericht zu stellen.

Die Ermittlungen im Fall der »Deppodrome« dauern an. Bis zum heutigen Tag wurden mehr als dreihundert Personen verhaftet.

Keiner der vielen tausend Geprellten erhielt irgendeine Entschädigung. Niemand – außer Natalja Sergejewna.

Katja fährt jetzt in einem erstklassigen elektrischen Rollstuhl umher. Aber sie kann auch schon ein bisschen an Krücken gehen. Nach der Schule will sie in Moskau Mathematik studieren.

Klawdija und Wassili schauen sich abends manchmal einen Film auf dem Videorecorder an. Allzu groß ist ihre Auswahl an Kassetten zwar noch nicht, aber bald soll im Klub des Fischerdorfs ein Videoverleih eröffnet werden.

Michlja hat nach der Gehirnerschütterung Konzentrationsschwierigkeiten, weint und lacht ohne ersichtlichen Grund und denkt nur noch ans Trinken. Da es im Lager äußerst schwierig ist, an Alkohol zu kommen, trinkt er den letzten Fusel, auch das Zeug, das einst zum Ableben von Onkel Kostja, dem Besitzer der Zweizimmerwohnung, geführt hat.

Durch die Verletzung seiner Zunge kann Wadik nichts mehr schmecken. Aber sein Geruchssinn ist immer noch so fein wie früher. Auch Beethoven blieb ja ein genialer Musiker, obwohl er taub geworden war. Wadik hat fast alle Bücher aus der Gefängnisbibliothek gelesen und viel Interessantes zur Geschichte der Kochkunst, über die Traditionen verschiedener Epochen, Länder und Völker gefunden. Er beabsichtigt, selbst ein Buch über das Kochen zu schreiben. Wenn seine Haftstrafe abgelaufen ist, will er unbedingt ein eigenes Restaurant aufmachen. Es wird das beste Restaurant von Moskau sein, vielleicht das beste der ganzen Welt.

Über die Autorin

Polina Daschkowa, geboren 1960, studierte am renommierten Gorkij-Literatur-Institut und arbeitete für verschiedene Verlags- und Zeitschriftenredaktionen. Anfang der neunziger Jahre war sie als Simultandolmetscherin für Englisch am russischen Parlament tätig. Ihre Romane sind in Millionenauflage erschienen und fürs Fernsehen verfilmt worden. Sie lebt mit ihrer Familie in Moskau.

Barry wird immer schamloser! Gnadenlos komische Parodien für Potter-Fans.

Gerber, »**Barry« Teil1**, Hardcover, 320 S., ISBN 3-203-77505-0

Warnung! Dies ist nicht das Original ... es ist entschieden komischer!

»Rowling-Fans werden sich köstlich amüsieren. Nur Muggel dürften ihre Schwierigkeiten haben.«
Sean Kelly

Eine Hommage an Harry Potter und seine Schöpferin und eine gelungene Satire über den Marketing-Rummel rund um das Phänomen H. P.

Überflüssig und noch schamloser: Barrys Sohn besitzt nicht die geringsten magischen Fähigkeiten, er haßt Zauberei, hält Hexer für Spinner und wünscht sich nichts mehr, als ein ganz normaler Schüler zu sein. Barry, Hermi und Lon stürzen sich auf ihre alten Tage noch einmal in ein Abenteuer wie zu ihren besten Zeiten.

Gerber, »**Barry« Teil2**, Hardcover, ca. 272 S., ISBN 3-203-77504-2

EUROPA VERLAG

www.europaverlag.de

Die Weltbestseller der Lily Prior: üppig, überbordend – amüsant, derb

Prior, **La Cucina Siciliana ...**, Hardcover, 256 S., ISBN 3-203-81046-8

»Von den Begierden, von wollüstigem Essen und hingebungsvollen Akten erzählt die Geschichte von Rosa, der begnadeten Köchin, die ihr Heimatdorf in Sizilien verläßt. Ihre Kochkunst steigert sich ins Unermeßliche. Üppig und überbordend erzählt. Ein sinnliches Erlebnis.«
So Marie Claire über diesen Weltbestseller

Prior, **Nektar ...**, Hardcover, 256 S., ISBN 3-203-81047-6

»Nachfolgeromane von Bestsellern haben es schwer. Diesmal schwebt die Handlung in den Tagen des 19. Jahrhunderts, als die Signores nicht viel andres zu tun hatten, als mit den Bediensteten zu vögeln. ›Nektar‹ ist sozusagen mit kräftigen Plakatfarben gemalt, amüsant boshaft, derb, unterhaltsam.«
Buchkultur

EUROPA VERLAG

www.europaverlag.de